BOOKCLUB 65

MARINO MAGLIANI

IL BAMBINO E LE ISOLE
(UN SOGNO DI CALVINO)

66THAND2ND

progetto grafico
Paper Paper

illustrazione di copertina
© Sara Zollo

composizione tipografica
Arnhem (TypeBy)
Fixture (Sudtipos)

ISBN 978-88-3297-275-7

«Di nuovo c'è qui forse un lieve
eccesso di solennità: ma in sostanza
è proprio così che sentivo».

Luigi Meneghello, *Jura*

A chi da bambino non è riuscito
a scappare

SANREMO, ESTATE 1935

In attesa della fine della galleria, il gioco stava nel contare fino a venti e, inevitabilmente, arrivare di poco in ritardo o in anticipo. Un po' come per quella frontiera, tutta contorta e frequentata dalla sua gente, la coscienza di essere al posto giusto e di poter giocare ancora sui tempi. Era per questo che andava a Sanremo, per essere vicino a Mentone? O ci tornava solo perché era senza soldi?

Ma da quando i binari avevano affiancato il mare, ai giochi della luce, e alle frontiere che l'aspettavano, non aveva quasi più pensato. Chiusi gli occhi, riaffioravano altre scogliere, molto più bianche e porose, forse solo più africane. E ogni tanto, al rialzare le palpebre, poteva riconoscere nei colori e nei volumi il ricordo preciso di quell'altra visita alla costa ligure. Non apparteneva, in fondo, allo stesso racconto mediterraneo, attraverso le rotte di un arcipelago privato e disegnato in tutti quegli anni?

Allora, il taccuino aperto sulle ginocchia e la matita a portata di mano sul sedile – come gli era capitato proprio qualche tempo prima, su una vettura a Ibiza –, una volta giunto dalle parti di Alassio, con la sua isola di fronte, tutta verde, egli iniziò a disegnarla, e a estenderne il mare fino a Capo Mele, quasi formasse, ora, anche quel balzo un'isola di fronte all'isola. E sotto la vignetta ripeté l'esercizio delle onde:

Davanti al mare ostacolo a parte dicono che
fa tutto lui.

Ne avrebbe condiviso il senso con il resto dei passeggeri, nella sua lingua, o in francese, che parlava bene. *Tiens, tiens*, se uno pensa al mare può anche non pensare a nulla. Fa tutto lui.

I passeggeri lo videro sorridere, il treno tornava a farsi espellere dalla montagna. Assorbita dal vetro, da un po' di tempo la luce penetrava lo scompartimento partendo da un rimbalzo sulla pelle del mare. Attraverso il finestrino superiore, aperto un palmo, si infilava un fastidio di polvere ferrosa, il freddo odorante delle gallerie costringeva a chiudere gli occhi. E quando tornava a riaprirli, né lui né il mare sorridevano più come prima. L'aria rabbrividiva, quasi fosse la storia stessa del mare a chiederle di farlo, prima di ogni sera, e l'aria obbedisse. Le onde giungevano nervose, di colpo si calmavano, rovesciando come per inerzia sulle rocce, sui pochi pugni di terra e sterpaglie da cui spuntava una verdura di agavi, una bava di schiuma, la cui liquidità attendeva a stento la schiuma dell'onda seguente. Sul resto assetato, in cima alla scarpata e fin su, ai bordi della ghiaia e delle traversine, non giungeva che la promessa di vapori salati.

Dalla parte della montagna – andò a vedere perché il treno s'era fermato, la prossima era la sua –, anche i muri di pietre arrugginite e i fichi saldati alle porosità erano quelli di una stagione e di un tramonto che conosceva bene. Un ordine minerale sgretolato dal cielo, il principio del crollo, in mezzo al ventaglio di fasce solide, i braccianti curvi sulla terra.

La volta scorsa la notte aveva sorvegliato a lungo la luna, seduto sul bordo del muretto, nel giardino sottostante la pensione, l'aveva sentita russare lentamente. Le spiagge ne bruciavano il corridoio estremo, fino a spegnerlo, poco prima dell'alba. Allora la Corsica gli era parsa ogni giorno diversa. E una sera, tornando dalle campagne sopra Sanremo, aveva conosciuto il grande cimitero pieno di morte della sua gente.

Quando il treno riprese a stridere, a ondate, per fermarsi poco dopo e tacere, un bollore di cicale risalì dalle piante e assalì il silenzio.

Attese sulla banchina la spartizione dei clienti, e poi che i fattorini scaricassero i bagagli. Un soffio gonfiava debolmente i teloni della stazione, agitando solo per qualche istante le rame di una palma. Di colpo, però, circolò molta più aria, come se fosse passato un secondo treno, e la gente guardò il cielo.

Che Liguria di gradinata era, con quel cielo di pietraia che si scatenava senza preavviso, prometteva e si calmava subito? Il posto delle frontiere, questo lo sapeva; il riparo, di qui o di là, per proseguire verso altre montagne, verso la terra brigasca, oltre le valli ulivate, a settentrione, o a sud, ai porti di Marsiglia, da cui raggiungere le sue isole.

Si abbassavano i gabbiani, incerti, a mezz'aria, più silenziosi degli insetti, poi si stancavano e si portavano lungo i solchi ormai spenti del torrente, con le sue case sulla riva, ma anche da laggiù tornavano come da un prato deserto.

Verde. Villa Verde. Ne aveva pronunciato un paio di volte il nome e il fattorino aveva arrugato la fronte perché non doveva essere un luogo da mance. L'uomo prese le valigie, le posò sul carretto, e lui lo seguì. Lo stridio delle ruote si avvicinò alle vetture da piazza e solo allora vide che le due persone sedute sulla panchina sotto le palme erano due bambini. Ne notò i buoni vestiti e l'età in cui si è ancora bambini ma sembra tardi per riuscire a esserlo fino alla fine dell'estate.

Di nuovo soffoco, anche se era già sera, e lui, dopo tanto tempo, riascoltava la gente per ricordare l'uso di una cantilena di parole incandescenti.

Cercò a mezza costa, in un punto delle fasce a levante di Villa Verde, il contadino che allora faticava negli orti là sopra. Aveva quel vizio di sputarsi sulle mani, prima di prendere il bidente. Ogni tanto rialzava la schiena, si asciugava la fronte col dorso della mano e guardava i tetti di Villa Verde e dell'hotel Astoria. Poi si faceva girare il fazzoletto annodato attorno al collo, perdeva tempo, e gli piaceva giustificare quel soffoco: *messieur*, d'inverno ce lo preghiamo.

Un posto dove il caldo non si nominava, si accettava, si sopporta un po' tutto nelle campagne sopra Sanremo e alla fine ci si accontenta di poco – gli aveva spiegato Dora –, il resto era per i ricchi e i turisti.

«Siete russo?» disse in francese uno dei bambini. Tolti i piedi dai sandali aveva alzato le gambe sulla panchina, abbracciandole e poggiando il mento sulle ginocchia.

Lui si era fermato nei pressi della vettura, in attesa che il fattorino sistemasse le cose nel portabagagli.

«Tedesco, mi chiamo Walter» rispose anche lui in francese.

«Io Duilio, lui è Italo».

Italo tacque, stava seduto come Duilio, e non sembrava patire tutto quel caldo.

«Non pesa la valigia?» chiese Duilio.

Era una valigia di cuoio, elegante, dagli angoli un po' frusti, e in effetti era strano che Walter non l'avesse consegnata al fattorino col resto.

«Stentuassu» disse un uomo di fatica. Ecco, ricordò, come chiamava il soffoco quella gente.

«*Tiens, tiens*, una valigia piena di libri per ragazzi ha un certo peso». E poi: «Non andate a cena?».

Italo aveva sbarrato gli occhi e li aveva alzati alla ramaglia delle palme, l'aria mosse le lunghe foglie lucide, sollevandole appena.

Rispose Duilio. «Non ha ancora suonato».

Chissà se puoi tornare a cercarla, si chiese sistemando le cose nella stanza. La volta scorsa l'aveva attesa a lungo, nascosto in una ruga carsica, tra le ginestre, poi non era passata. Il contadino che si sputava nelle mani l'aveva avvisato. «È furba, se ne accorge se gira qualcuno».

Dal balcone di Villa Verde sentì i rintocchi, era l'*Ave Maria*, i braccianti avevano staccato, raccolti gli attrezzi rientravano dalle fasce, i muli in colonna. A quest'ora anche i due ragazzini dovevano essere sulla strada di casa. Uno, quello taciturno e guardingo, si chiamava Italo, il nome dell'altro non lo ricordava. Eppure era quello che aveva parlato di più.

Sì, chissà se la vedrai. Si riproduceva lassù, lontano dalla riviera, dove passa la gente che scappa. Aveva letto che si trattava del più grande sauro europeo e viveva solo in Liguria, sui Pirenei e nelle isole Baleari, ma lui a Ibiza non l'aveva mai vista.

Dalla finestra rivolta alla montagna il fresco incollava alle foglie una luce nuova. Forse aveva piovuto. Dalla parte del mare risaliva il giorno, trascinando con sé un brusio già stanco, di bagnanti e carrozze.

Walter chiamò Dora e una donna sul biondo apparve sulla soglia.

Le indicò la presenza di un bambino fuori del cancello. «Ieri sera era alla stazione, quando sono sceso dal treno, deve aver sentito che venivo qui...».

«E ti ha seguito? Qui non seguono mica i turisti come a Napoli».

Walter guardò un punto dello stipite della finestra. Mi piacerebbe essere un turista, ecco, pensò. Averne il diritto, e non essere qui perché sei senza soldi o non pensi ad altro che alle frontiere.

Indossò la camicia sulla canottiera, caricò la pipa, era uscita di nuovo un po' d'aria, muoveva le carte sul tavolo e lui vi posò uno dei libri per ragazzi preso dalla valigia.

Dora sorrise. «Non avrei letto». Intendeva la lettera che stava sul tavolo e ora era coperta.

Walter si fermò sulla soglia, come per commentare, poi sorrise anche lui e proseguì, giù, per le scale.

Italo gli dava le spalle, simulando di non essersene accorto, per poi far quasi finta di non riconoscerlo.

Walter lo raggiunse.

«Ho bisogno di un aiutante, li sai i nomi delle campagne e dei paesi e delle piante?».

«Dalla prima all'ultima, mio padre è botanico, studia le piante e progetta impianti per i fiori... Qui su, mi dice, un giorno saranno tutte vetrate di fiori». Non aveva detto serre. Sembrava piuttosto contento di fare due parole, ma i nomi delle piante lo interessavano meno e forse con uno che andava in giro con un bagaglio del genere si poteva discorrere di ben altro.

«Lo parli bene anche tu il francese».

Italo piegò la testa da una parte.

«Duilio non ci crede che la valigia è piena di libri per ragazzi».

«E tu?».

«Io sì. Sono in francese?».

«Tedesco. Vuoi qualche titolo? Ce ne sono anche un paio in francese».

«Allora uno in tedesco e uno in francese».

«*Die Welt in Bildern*, e quello in francese è: *Choix de contes. Pour la jeunesse*. Sono libri con i disegni. I disegni sono importanti».

Italo annuì, era d'accordo, che discorsi, certo che lo erano.

Entrambi alzarono gli occhi alla finestra perché era apparsa Dora. Prima di dire qualcosa in tedesco e ritirarsi nuovamente, aveva sorriso.

Walter le aveva risposto.

«È vostra moglie?» chiese Italo, aspettando che avessero finito di parlare.

«Lo era».

«Voi disegnate?».

«Con Dora?».

«No, voi...».

«Certo, insomma, scrivo la storia di un uomo che disegna le isole e per fargliele disegnare mi devo allenare prima io. Non pensi?».

«Penso di sì. Disegnate solo isole o anche mare?».

«Anche mare. È che se disegni un'isola devi disegnare per forza anche il mare».

Italo annuì. Lo cercarono, tra i rami, e non dissero nulla. Forse anche da quel giardino si poteva parlare di palme e ficus, e del mare meno. Potevano ragionare sulle cose, quelle che stavano tra gli occhi e la prima onda, ma su ciò che stava oltre, disse Walter, come si faceva? Italo ci pensò e stavolta non annuì. Walter gli concesse qualche istante per dire la sua. Siccome Italo tardava, Walter ripeté le parole scritte sul taccuino.

Il mare fa tutto lui. *Tiens, tiens*, il mare fa tutto lui. Italo nascose le labbra.

«Allora conosci i sentieri e le campagne sopra Sanremo».

Italo mosse la mano da una parte all'altra. «Vi dico di sì, una per una, fino alla Valle Armea. Ne abbiamo parecchie anche noi, la più bella è quella di San Giovanni».

«Ci ho girato, lo scorso anno, a San Giovanni, e non ti ho mai incontrato... Magari hai già visto anche la lucertola ocellata».

«La conoscete? Mio padre ne ha trovato uno scheletro, una bestia così». E allargò un po' le braccia.

«Esagerato».

«Così di sicuro. Allora la conoscete...».

«Diciamo che la cerco».

«Non si fa mica vedere».

«Lo temo anche io».

Prima di sera Italo uscì, non vedeva l'ora di poter andare al cinema con gli amici, ma per ora si doveva accontentare dei gradini da cui guardare i ragazzi che giocavano a pallone. Erano piazze in discesa e alla fine si trascorreva la maggior parte del tempo a rincorrere il pallone, prima che imboccasse i carruggi. I vecchi seduti davanti alle case minacciavano di bucarlo.

C'era Duilio, erano saliti alla Madonna della Costa, sopra le case, seduti contro la ceppaia di un ulivo, tenevano gli occhi sulla distesa sghemba di tetti e logge che crollava verso l'Aurelia.

«Mi ha fatto i nomi dei titoli... Mio padre mi ha detto che è ebreo, e che Villa Verde è piena di ebrei. Sai cosa cerca?».

«Cosa ne so».

«La lucertola ocellata. Non dirlo a nessuno».

Non si erano dati appuntamento, Italo aveva provato a indovinare e, sceso sull'Aurelia, vedendo tutta quella gente in mare, gli era sembrato fosse l'ora buona.

In effetti i clienti di Villa Verde uscivano al fresco e si perdevano per le stradine alberate, verso corso Imperatrice e le spiagge.

Walter lo scorse oltre il cancello e posò la penna, si alzò, indossò la camicia.

Guardavano le piante come si guarda il mare, le mani dietro, leggermente piegati in avanti e la testa inclinata da un lato. Sembravano un padre e un figlio che non si dicono quasi nulla e ogni tanto incrociano le braccia. E quando si sedettero sulla panchina incrociarono entrambi le gambe.

«Allora ieri sera siamo usciti col tuo amico?».

«Guardavo dalla Madonna della Costa e poi che giocavano a pallone, Duilio mi ha chiesto perché cercate la lucertola ocellata».

«Perché nella vita bisogna cercare qualcosa, l'importante è non trovarla, diglielo, altrimenti non hai più nulla da cercare, e poi si cerca qualcosa altrimenti ti cerca lei; quanto alla lucertola è estremamente bella, non trovi? Ne ho visto certi disegni, è di un verde brillante con i rotondi blu sul dorso» e fece un segno non sapendo bene come dire ocelli in francese. «A inizio estate finisce gli accoppiamenti e durante l'inverno si nasconde nelle crepe. Ma tuo padre queste cose le saprà bene».

Italo non capì tutto e cambiò discorso.

«Non andate mai al mare? Qui si viene per il mare».

«Sto in camera, lo guardo, mi basta, per ora. E disegno, studio i sauri. Tu ci vai spesso al mare?».

«Facciamo il bagno dal relitto, poi saliamo a giocare a calcio ma il pallone prende sempre le discese». Voleva dire i carruggi ma non sapeva dirlo in francese.

«E allora quando sei stanco e torni a casa disegna e scrivi anche tu. La storia del pallone che rotola e si perde per le discese è bella».

«Non c'è niente di speciale in un pallone che prende il van» disse in italiano e mezzo in dialetto.

«Non c'è niente di speciale al mondo, se tu non lo rendi speciale... Cosa c'è al fondo delle discese?».

«I binari, ci passa un fascio di binari».

«E allora scrivi il percorso del pallone e al fondo delle discese lo fai finire sui binari».

«Non ci arriva, c'è la ringhiera».

«Io non ho mai visto la lucertola ocellata in carne e ossa o solo ossa, come non conosco nessun uomo che disegna le isole ma l'ho scritto, e ora l'uomo che disegna le isole c'è e anche le isole. I palloni possono benissimo rimbalzare oltre le ringhiere, *tiens, tiens*».

«Allora scrivo che il pallone passa di là e il bambino lo lascia lì, perché la mamma ha detto che non si attraversano i binari...».

«E se a tutti i costi lui rivolesse il pallone?».

Italo respirò profondamente, sporse le labbra e tutto quell'ossigeno formulò una mezza soluzione.

«Potrebbe andare fin dove finiscono i binari, senza attraversarli, e una volta di là tornare a prendere il pallone...».

«Troppo complicato, a quel punto deve prendere il pallone e tornare di nuovo dove finiscono i binari, per rifare il giro, ti rendi conto?».

Italo se ne rendeva ben conto, le cose stavano esattamente così, come diceva il signor Walter.

Nel frattempo le campane suonarono l'*Ave Maria* e Italo disse che tra due minuti doveva tornare a casa. Walter gli chiese dove abitava. Sopra, indicò Italo, occorreva fare tutta la passeggiata, passare davanti alle panchine della stazione dove si sedevano con Duilio, attraversare l'Aurelia, poi dietro al Paris e al casinò, e risalire un pezzo della Pigna. Casa sua era sopra, non proprio sulla strada di San Giovanni ma quasi.

Walter disse che era come andare dove finiscono i binari, e allora doveva fare in fretta se voleva arrivare per cena.

Lo vide oltrepassare il cancello di buon passo e di lì a poco sparire; lui rimase fuori ancora un po' a guardare le finestre della locanda, non aveva voglia di rientrare quella sera. Anche se la stanza ora si rinfrescava, la mattina aveva ricevuto una lettera da Adorno, e avrebbe potuto rispondergli e dirgli che la lucertola non l'aveva ancora vista.

Italo scartava i crocchi di mulattieri e le biciclette, infilandosi tra i turisti davanti alla gelateria. Fantasticava già sul prossimo incontro, magari guardavano assieme i libri, era stato il signor Walter a dirgli di voler portare giù la valigia intera una volta o l'altra. Italo aveva accettato volentieri, senza poter immaginare che per qualche giorno il padre l'avrebbe reclutato col fratello, e sarebbero saliti nelle campagne di San Giovanni a raccogliere i fagiolini.

Una sera, tornati ben prima di cena dai lavori in campagna, s'era potuto presentare sotto le finestre di Villa Verde, e Walter era sceso con un solo libretto.

Italo lesse il titolo, era in francese, lo sfogliò, guardò la quarta. Non fece accenno al fatto che si sarebbe aspettato di vedere la valigia intera, e nello stesso tempo non seppe nascondere una certa delusione. Walter se ne accorse e trovò una scusa, non voleva dirgli che portare la valigia intera e aprirla sulle panchine poteva dare nell'occhio, e poi intrattenersi con un ragazzino... A ogni momento passava gente, la villa era sorvegliata.

Italo restituì il libretto.

«In cambio mi piacerebbe portarvi a cercare la lucertola ocellata, ne ho parlato a un mulattiere, è il padre di un mio amico. Ci sono diversi posti dove possiamo vederla, con un po' di fortuna».

«*Tiens, tiens*... Grazie, ma non va mica bene, sai, che ci vedano in giro assieme in campagna. Non sono tempi buoni».

Italo aggrottò la fronte.

Si incontrarono ancora quattro volte. Non sempre Walter era in camera, ma quando c'era, al vedere Italo picchiava con le nocche nel vetro per dirgli che scendeva. L'ultima volta assieme a un libro portò una banana proveniente dalla Francia.

Italo la mangiò e disse: «Mio padre le coltivava. Ce ne sono un mucchio a Cuba».

«E tu ci sei stato a Cuba?».

«Ma ci sono nato, ve l'ho già detto».

In effetti gliel'aveva già spiegato e per la seconda volta, davanti a quella strana dichiarazione di nascita, Walter aveva sorriso.

«Ma sei sicuro?».

«Belin, volete che non sappia dove sono nato?» disse serio, mezzo in italiano.

«Dev'essere bella Cuba, mi piacerebbe andarci presto... E ai cubani direi: signore e signori, vi saluta Italo da Sanremo, narratore di vicoli e terrazze, nato qui».

«Nato a Santiago de las Vegas, Repubblica di Cuba, Mar dei Caraibi».

La sera della banana no, ma qualche giorno dopo Walter disse, mezzo divertito, che a questo punto poteva anche partire, e non avevano trovato la lucertola ocellata, ma i libri gliel'aveva mostrati e gliene aveva anche tradotto i titoli.

Credeva che un po' gli sarebbe spiaciuto, ma Italo inclinò la testa e volle sapere solo che giorno partiva e a che ora.

Il 22 giugno dell'anno XIII, èra fascista, altrimenti 1935, Walter aveva il treno prima di sera e Italo si fece trovare alla stazione.

Quando la vettura arrivò da sotto corso Imperatrice ad aspettare sulla banchina c'era anche Duilio. Se ne stavano sotto la palma, e Duilio disse a Italo di chiedergli come mai tra i bagagli non c'era la valigia di cuoio. Italo gliel'avrebbe chiesto anche se Duilio non gliel'avesse fatto notare.

Walter ci scherzò. «*Tiens, tiens*, la valigia dei libri...». E allargò le braccia. «Lo sapevo che qualcosa dimenticavo...». Poi disse loro la verità. L'aveva lasciata apposta a Sanremo, così il prossimo anno guardavano di nuovo i libri assieme. In condizioni migliori, con più calma.

Sul fatto che Walter sarebbe tornato in Liguria, Italo era informato, ed erano già d'accordo, Walter avrebbe scritto a Dora e se ogni tanto Italo passava a Villa Verde, Dora l'avrebbe tenuto al corrente.

Quando giunse il treno aveva già suonato da un pezzo l'*Ave Maria* e Italo e Duilio avevano dovuto per forza salutarlo.

Una volta rimasto solo Walter aveva sentito una specie di malinconia, la stessa di quando pensava a posti come Cuba, o saliva su un treno, e lo agitava la strana impressione di tornare da qualche parte e di fermarsi, prima o poi durante il viaggio.

Le montagne, sopra le fasce degli ulivi, brillavano di un azzurro ruvido, presto sarebbe scesa la notte e una traccia di quell'azzurro sarebbe rimasta, come la vecchia pelle dei rettili tra le scogliere.

I BINARI

Pomeriggio d'inverno, il sole ha fretta. Il bambino dice alla mamma: «Scendo a giocare a pallone».

«Non sudare».

Il bambino disubbidisce, suda anche Gino che oggi è stato parecchio in porta e ogni volta deve recuperare il pallone. Strana regola, chi para il rigore va poi a calciare, e la rincorsa la prende dal fondo della piazza.

Le ombre mordono lentamente le pietre e l'intonaco di un lato del carruggio. Una porta senza pali, fanno da limite lo spigolo e i due gradini che menano in un portoncino scosso. Per la traversa, se il pallone picchia sotto la persiana della signora Angiolina, che il pomeriggio a una cert'ora la tiene sempre chiusa per via delle pallonate, è rete. Due volte su tre il pallone infila il portico, oltre lo spigolo, rimbalza, imbocca la discesa, e secondo com'è rotola giù per le gradinate finali.

La volta in cui il bambino non è riuscito a fermarlo o era destino non ci riuscisse e l'amico neppure, perché giù per la scalinata si scende solo uno alla volta, il pallone sembrava perso. Gli umidi gradoni gettano una rampa a sinistra, e un'altra a destra, per ridurre la china, ma un pallone tira dritto, picchia in qualche bordo, si impenna, e al fondo – non era mai successo – con un saltino beffardo ha superato la ringhiera, fermandosi oltre i binari.

Era un giorno d'inverno, l'anno era il XIV, èra fascista, altrimenti 1936, o forse era l'anno prima? Il bambino tornò in piazza a prendere il giubbotto, anche Gino raccolse il suo. Faceva sempre tutto come l'amico. Era tardi per giocare ancora, la sera divorava i colori di Sanremo, fin su nei boschi oltre la Madonna della Costa; il cielo raschiava il ventre contro le rupi rotte e non faceva per nulla più freddo di altri giorni, solo che senza pallone il sudore si ghiacciava sul collo.

Il bambino mise le mani sulla ringhiera. Era relativamente bassa, lunga due metri, di ferro, verniciata da poco, verde e fredda e lucida come i binari. L'altro bambino l'aveva seguito.

Il bambino disse: «Vado a prenderlo». Scavalcò la ringhiera e saltò sulla grossa ghiaia.

L'altro bambino si sporse e stavolta non lo seguì. Riuscì solo a dire: «Sei matto, non si possono attraversare i binari».

Il bambino che stava di sotto gli spiegò che non li attraversava. Guardava la ghiaia, le traversine (nella mente le chiamava spondine), dava il nome a ogni cosa guardandola, e contava i passi che lo dividevano dal pallone.

Sui lunghi spazi della ferrovia, il giorno non s'era ancora spento come altrove.

«Vado dove finiscono, e torno a prendere il pallone, ci vuole tanto?» disse per convincersene.

Poi, come se se ne fosse scordato, aggiunse la cosa più importante: «Prima di rifare tutto il giro te lo lancio».

L'altro bambino aspettò.

Spalle al chiarore ritagliato dalla frontiera, il bambino ha mosso qualche passo verso le colline a levante, e si toglie fin da subito le mani dalle tasche perché la ghiaia frana sotto il piede e occorre fare attenzione. Ha previsto che ogni tanto sopraggiungerà un treno e gli spazi si ridurranno.

Quando succede per la prima volta, il bambino si accorge che il treno è un lungo cuore di ferro e lui impara subito a tenere gli occhi chiusi perché la polvere è bastarda. Da quel momento in poi ogni passo sarà dettato dall'attesa dello spavento.

Di là dei binari c'è qualche casa, il vuoto nero oltre i tetti dovrebbe essere il mare, ma al bambino non interessa il vuoto. Di qua dei binari, tra la ghiaia e il muro, si apre un solco profondo quanto basta per farsi male, e ci cresce l'edera, così, anche se si sono accesi un po' di fari lungo i binari, si finisce per non vedere dove si mette il piede sinistro. Il muro è di pietra, tutto rosso e polveroso, e il bambino non sa se è l'effetto ritardato del tramonto o il colore della ruggine che ha preso la ghiaia e la pietra, se dipende dalla luce dei fari. Si abbassa, tocca il binario. È perfettamente liscio e freddo, forse d'estate è bollente. Quando si volta a guardare se Gino è ancora dalla ringhiera, in attesa, non lo vede più. Il pallone sì, lontano, di là dei binari, esattamente dov'era. Speriamo non se lo freghino. Forse Gino non c'è più perché i binari hanno leggermente curvato e il profilo delle case copre il ritaglio in salita delle rupi di confine? È facile, si dice.

Potrebbe tornare indietro. Capirà in seguito che i sogni non vanno inseguiti a tutti i costi, occorre mollarli subito, poi ci sembrerà tardi. Non se le potrebbe dire queste cose, le ignorerà a lungo. Ma se sapesse che la mente, durante il resto della vita, tenterà a tutti i costi di tornare a ogni cosa sfiorata dagli occhi questa sera, egli ora si sforzerebbe di non dimenticare nulla.

I binari infilano una galleria, il bambino si alza il bavero e tira su col naso, fa qualche passo dentro, annusa tutto quel freddo e non si fida. Lo spazio tra il muro e i binari si è ridotto, di poco, ma si è ridotto, e poi lo spaventa il buio.

Tardetti, la parola che usano i vecchi in piazza Bresca, che dice loro Angiolina quando apre la persiana per farli smettere di tirare pallonate contro casa sua. Non è tardetti, teppa?

Fra poco sarà anche fuori come dentro? No, com'è buia una galleria non lo dev'essere neanche la notte del carruggio del lavatoio. Cosa l'aspetta in una galleria, ci si può nascondere un animale?

Facile, si dice.

Così decide di risalire il costone al fianco dei binari, si aggrappa alle ginestre, senza sapere se si può fidare. Scavalca i recinti che trova, fin quando non lo coglie definitivamente la notte e non riesce più a vedere dove mette il piede. Allora si ferma, ha fame, freddo, il giubbotto non basta mica, dorme un po' contro un tronco di ulivo, disturbato dallo sferragliare sotterraneo e pulsante. Nel ventre della montagna c'è un continuo passaggio che fa tremare la terra e le pietre e le cortecce, l'erba. Il suo cuore straziato. Ma dove sta andando, a recuperare un pallone? È sicuro che vuole proseguire? Perché non risponde alle domande?

Lo svegliano i brividi, chiama sua madre e si stupisce di averla chiamata. Tante volte nelle ultime ore l'ha preso il desiderio di farlo, di cercarla, come si respira, come si spera nella fine di un dolore ai denti, e ora che l'ha fatto – «O mamma» – sorride perché in tutto questo nerume lei è presente. E ora Gino lo prenderebbe in giro.

Stringe gli occhi e li riapre troppo sovente per controllare la realtà. Non è più notte come prima, un po' ci si vede già, l'erba a forza di guardarla si è rifatta grigia e poi verde, l'immagine delle cortecce dell'ulivo arrugate racconta una crescente scomodità.

Un topolino lo guarda dall'ultima riga di pietre. È un topolino?

Il bambino pensa a una cosa, ci sarà ogni notte un topolino a far la guardia come un soldatino? Se arriva qualcuno il topolino avvisa?

Il bambino guarda i volumi della valle e niente oggi può più essere cosa era, e piano piano, per dimenticare, può tornare a dormire e dirsi che non è vero nulla, e quando si risveglia è il giorno dopo, ma lo era da un pezzo.

Si tocca il giubbotto, è inzuppato, eppure non ha piovuto, non conosce le cose per nome, la prima umidità, cui segue la rugiada, finora non conosceva neppure la fame. Riprende a salire un tratto e una volta in cima gli tocca ridiscendere la china verso levante, fin quando non ritrova i binari. Li ha dovuti cercare a lungo, perché non li trovava mica, nel frattempo si era persino illuso di scoprirne la fine e di aver fatto presto a risolvere. Ha immaginato il sorriso angosciato della madre, e lo stupore di Gino al rivederlo col pallone. Ma poi, sceso fin quasi sulla costa, la visione dei binari che procedono disciplinati verso levante e ponente lo rigetta nello sconforto. La fame fa il resto, non è stagione di verdura, e negli orti non cresce che un po' di insalata corta; da un albero sono cadute quattro mele, sono le ultime, di cui un paio non ancora del tutto marce. Impara a togliere il guasto alle cose, a procurarsi qualche morso commestibile, a non illudersi più, mai più, quando all'apparenza i binari tornano a sparire in una galleria, perché prima o poi si rifanno vivi. E così il suo passaggio incerto sulla ghiaia gli insegna i trucchi della nuova vita ferroviaria e il fruscio del giubbotto gli tiene compagnia. Ma perché scegli levante? Non poteva inseguire il tramonto? La sera, lo sa, sarebbe giunta più tardi.

E così, giorno dopo giorno egli scavalca i crolli, attraversa paesi, uliveti e boschi di altre piante, incontra contadini che gli danno una mela, e quando se ne sta da solo si diverte a riconoscere la luce dei fari che spoglia il mare, l'annuncio e l'odore della pioggia nell'aria, e ogni volta che dalla rupe bucata vede uscire i binari, sa che dopo un po' spunterà un treno e il silenzio si farà lacerare da mille pallonate nei vetri. Se chiama «o mamma», non sente più un treno passare sul cuore. Eppure la chiama ogni sera e certe sere si addormenta guardando il magone di un rospetto nato con la pioggia, intirizzito, e lo scalda col suo alito bambino.

STAZIONE DI ARMA DI TAGGIA

Le città delle quali ha conosciuto stazioni e panchine, i topolini che hanno fatto la guardia a debita distanza e quelli che la notte passavano in equilibrio sui binari luccicanti e si sono accorti di lui solo all'ultimo, i giardini pubblici dove ha dormito, i carabinieri ai quali è scappato, tutte queste avventure non si contano più.

La prima stazione aveva un doppio nome, Arma di Taggia, era bambino e c'era una ragazzina, o era ancora bambina pure lei ma non lo sembrava più. Gli aveva chiesto dove vai, lui aveva risposto dove finiscono loro, ammiccando la direzione dei binari. Lei: dove vai, scemo? Lui: guarda che è vero. Si era preso un impegno e ora era tardetti per piantarci lì. E va bravo, tardetti, torna a casa. Avevano parlato un po', lei aveva diviso con lui la focaccia. A un certo punto lui l'aveva ringraziata e aveva detto che ora doveva andare.

Il buio blu e lamentoso delle notti e quello odorante delle gallerie ora facevano meno paura. Se dall'entrata si intravedeva la luce finale sapeva che si poteva fare di corsa. Se sentiva il battito del cuore di ferro non doveva tentare di raggiungere a tutti i costi la luce, bastava gettarsi sulla ghiaia.

Ad Arma di Taggia, tanto tempo prima, quand'era più bambino di adesso, la mattina in cui la ragazzina aveva diviso con lui la focaccia, gli si era fermato accanto un treno e lui aveva fatto le prove. Sdraiato sulla ghiaia, aveva calcolato che la pedana sporgeva, ma se lo spazio era lungo un braccio, si poteva fare.

«Alzati scemo, ci pisciano tutti» gli aveva detto lei.

Un ferroviere che stava lì: «Ma cosa fai, sei matto?». No, non lo era, per nulla, voleva solo prenderci le misure. Doveva esserne certo.

«Ma cosa ridi?» gli aveva detto lei.

Ora quando si gettava sul marciapiede accanto alla ghiaia e il treno passava, sentiva un odore di orina. Poi tornava il silenzio e lui stava ancora un po' lì, e rideva, perché sapeva bene che i treni non passavano mai uno dietro l'altro.

Le gallerie gli facevano risparmiare un bel po' di giri in collina, ma dovevano essere cose da poco, gallerie da qui a lì, da fare di corsa in zero secondi, altrimenti non si avventurava, e se accanto alla ghiaia non si poteva contare su un marciapiede non ci si addentrava, neanche se sapeva che per passar di là gli sarebbe toccata qualche odiosa variante Piemonte, come chiamava lui i giri larghi.

Nel frattempo prendeva confidenza con il metodo delle scorciatoie collinari e le baracche disseminate in quota. Che poi non si trattava mica di colline, in terza la maestra le chiamava così ma le colline del sussidiario erano soffici e verdi, mentre queste funzionavano solo in lungo, a ripetizione, come un treno, aspetti articolati di un mondo degradante. Costoni noiosi, composti da una vagonata di fasce, una dietro l'altra, con il beudo, il condotto centrale dell'acqua piovana, che divideva e sbarrava la viabilità come un passaggio a livello.

Certe terre erano abitate, altre meno, e rotte da tagli e scogliere. Nel tramonto le pietraie si agitavano in una luce tremante, la vallata intera sembrava una criniera di pietra al vento, e ci crescevano le cose verdi e azzurre.

Un giorno si era guardato allo specchio e a parte i capelli che sapeva di avere sulle spalle, come le donne, aveva scoperto una faccia secca e piena di brufoli sporchi. Trovava che le campagne si stessero trasformando come la sua faccia, si infestassero sempre più di serre e cantieri.

Neanche il dominante azzurro degli ulivi, tuttavia, si può dire servisse a far assomigliare quel posto al genere collina, perché le colline dovrebbero avere una forma piramidale, via, essere le cose sognate dai faraoni, e lo sapeva bene per averlo imparato a scuola con Gino. No, la Liguria, almeno fin quasi ad Alassio, dove prima o poi sarebbe giunto quell'anno o fra qualche anno, non importa, era un esempio di corsa agli ostacoli, tutta onde, una sopra l'altra. Forse dall'altra parte, dove cadeva il sole, nella direzione che non aveva scelto, da quelle parti sì c'erano le colline. Ma lui non c'era andato, e ora cosa c'era di là non c'era. Se avesse di nuovo potuto scegliere sarebbe voluto andare in Piemonte, di cui sentiva parlare dalle raccoglitrici d'Oltre Tanaro, che faticavano negli ulivi. Dividevano con lui un pezzo di pane e olio e lo rimproveravano, nel loro dialetto, gli ordinavano di tornare a casa. Sua madre sarebbe morta di crepacuore.

Il Piemonte doveva essere un luogo con quel nome e quel dialetto, e c'erano i fiumi, mica torrenti magri e algosi, e poi il bello del Piemonte era che una regione con quel nome doveva presentarsi con delle montagne e delle colline vere. Ma c'era un problema, in Piemonte fino a Savona i binari non ci entravano, non che sapesse lui.

Questi discorsi da fare ai colleghi, e la questione del tramonto, ultimamente lo confondevano, la sera controllava la scivolata del sole e ora che si avvicinava ad Alassio, e ci sarebbe arrivato prima o poi, quell'anno o chissà quando, non importa, gli sembrava che la luce scendesse dalle parti di Sanremo, mentre a Sanremo ricordava d'aver visto il tramonto ben più a ponente. La vita e i tramonti erano un trucco.

Quanti inverni erano trascorsi dalla sera in cui giocava con Gino e avevano perso il pallone... Ogni volta che passava un inverno passava anche un'estate e a mortificarlo era tutto questo alternarsi di caldo e freddo e pioggia, raffreddori, come un qualsiasi mucchio di binari che capitava di trovare qua e là, in attesa di essere riutilizzato. Gli sarebbe piaciuto riutilizzare il tempo. Conoscerne il trucco, come aveva imparato a non farsi fregare dal tramonto.

DALLE PARTI DELLA STAZIONE DI DIANO MARINA

Sulle colline tra il Monte Calvario, il Parasio e Capo Berta ci si era fermato più a lungo. Dalle serre in cima si vedevano le spume crollare su altre spume e infine sulle spiagge, ma era un altro trucco e le onde sotterranee in qualche modo dovevano risalire lentamente la china, altrimenti prima o poi sarebbe finita l'acqua. A volte la quota dell'orizzonte sembrava proprio all'altezza del Calvario, a un tiro di scaglia. Poi, se si svegliava, esplodeva la Corsica, si stirava e allungava spazi e sogni e i corridoi di luna sbadigliavano fin dentro la prossima notte.

Durante l'inverno, dopo il tramonto entrava nelle serre, al riparo trovava un tepore antico. Se non avevano usato da poco pesticidi e concimi, nel tepore pulito l'odore della madre impregnava quello del legname, e lui pensava a lei annusando la terra e i passaggi d'erba tra le coltivazioni, e poi abbassava le palpebre. Non gli spiaceva sentirsi in colpa, così gli poteva rincrescere di essere il figlio andato via per un pallone. Uno per un pallone non dovrebbe allontanarsi, nessun figlio dovrebbe farlo senza dare più notizie di sé. Si chiamava per nome – nessuno ce lo chiamava più da anni – e si chiedeva se in fondo pentirsene non significasse pagarla. Facile.

Il padrone delle serre gli aveva dato delle maglie, così aveva potuto gettare certe cose rovinate, dai polsini corti – di quella della preistoria aveva salvato un lembo per ricordo, gli piacevano i musei –, un giorno il padrone gli aveva regalato anche un paio di gambali, lo lasciava star lì al riparo, la mattina divideva con lui la colazione. Un giorno glielo disse, se voleva lavorare ce n'era, poteva continuare la soglia di un muro, nelle fasce della serra incolta. Era crollato l'anno prima, si trattava di estrarre le pietre – gli insegnò a usare il picco e il bidente –, separare le buone dalle scaglie, spaccare radici e tracciare una soglia larga trenta centimetri e profonda settanta, non tutta dritta, con una leggera curvatura come quella che facevano i binari di Sanremo.

Quando era stanco si sdraiava a sentire colare il sudore, stava nella soglia come in una fossa e guardava il cielo da un vetro rotto. Non ci girava anima viva su quella cresta sbattuta dalla luce, tranne i padroni delle serre, nei roseti, i cani e i gatti randagi. Ma qualche costone a levante, la domenica ci si radunavano i giocatori di petanque e lui andava a vedere. Gli piaceva sentire nel vento lo schiocco metallico delle bocce. I treni passavano qualche fascia a valle e coprivano tutto.

Un giorno venne a portare la colazione la moglie del padrone e gli mise gli occhi addosso. Tornò il giorno dopo, aveva il rossetto, ben pettinata, il padrone se ne accorse e alla fine della giornata trovò una scusa, per un po' disse che ci piantava lì coi lavori della soglia. Siccome un compenso non l'avevano mai pattuito ma ogni tanto il padrone gli dava qualcosa perché scendesse a comprarsi un bottiglione di vino, venne pagato quello che venne pagato e lui accettò senza protestare.

Riprese a camminare lungo i binari e a Diano Marina, in via Roma, comprò due bocce di un ferraccio, le pagò poche lire e se le mise nella bisaccia. Pesavano più di un picco e certe volte gli veniva voglia di gettarle in una scarpata, ma quando trovava una radura al fianco dei binari, gli piaceva averle con sé. Bocciava per un giorno intero, avanti e indietro, provava un tiro, falliva la boccia, andava a raccoglierla e provava l'altra. Poi un giorno – era quasi ad Andora – colpì tre bocce di fila e gli riuscì persino un picchetto. Allora si sedette e guardò il mare oltre i pini e avrebbe voluto sdraiarsi all'ombra al fianco della moglie del coltivatore di rose.

Si toglieva il tascapane recuperato in una scarpata – lo portava sempre a tracolla, sostituiva la vecchia bisaccia tutta rovinata e abbandonata su una panchina, neanche il giubbotto, logoro e stretto, era lo stesso da anni –, teneva tutto in mano per correre meglio, e si lanciava nel buio, sotto una pioggia di goccioloni, sul terreno reso incerto dalla ghiaia. Era pieno di ferite, di lividi che si procurava cadendo e picchiando a peso morto sui binari, e le profonde escoriazioni alle ginocchia erano di quando faceva assaggiare loro la ghiaia, le scarpate, i cocci di vetro. I graffi potevano essere pericolosi, causati da fil di ferro arrugginito, chiodi, pezzi di una rete elettrosaldata che esisteva da poco in Liguria e aveva già fatto in tempo ad arrugginire. O semplicemente fili spinati, reticolati da scavalcare per rubare qualche pomodoro cuor di bue, i suoi preferiti.

In galleria, la penetrazione antecedente la zona di penombra e poi il resto a seguire, debolmente illuminato dai faretti e popolato di voli di pipistrelli, ragni, salamandre, gli ricordava il desiderio antico di un buio, le parole di Gino: «Se un giorno ci lasciano andare al cinema voglio andare in galleria». Non più il suo timbro di voce, solo le parole e le immagini, i giorni trascorsi con lui, nel ricordo di un mondo scuoiato dalla luce della Corsica.

Solo della madre conservava il timbro della voce. L'odore di lei non l'aveva ritrovato addosso a nessun umano, in nessun orto, canneto, stazione.

In una serra tanto tempo prima, nell'impalcatura di legno aveva risentito l'odore della cabina ai Bagni Paradiso. Quanto ai film, in un cinema non c'era mica mai più stato.

Passava il tempo, così affollato delle stesse costanti: il mattino presto lo svegliava un usignolo e l'accoglieva la Corsica.

Quel canto lo ingannava, si sarebbe detto di un uccellino pieno di colori, invece questi usignoli avevano il colore della terra quando non piove da mesi. I merli, un piumaggio buio e lucido, anche il loro repertorio gli piaceva. Se avevano il becco nero come le piume erano giovani e muti, ma quando il becco diventava giallo possedevano la sontuosità del canto e un giorno si facevano sparare dai cacciatori. Non di rado ne trovava i cadaveri in mezzo ai binari.

Certe stagioni pioveva sempre e nelle gallerie gli spazi a disposizione permettevano percorsi laterali, li penetrava incuriosito o per il bisogno di riposare, e prima o poi lo sorprendeva il treno. Lo spostamento dell'aria giungeva fino negli anfratti. Riconosceva i vagoni merci, perché di solito liberavano polvere di cereali. A volte si perdeva talmente in profondità che passava giornate intere a dare un'occhiata dappertutto, e quando usciva la luce lo feriva. Le falde acquifere lo affascinavano, davano origine a suoni, consumava là dentro la pila della torcia elettrica, studiava le formazioni di stalattiti, e stava lì, se non erano fogne, seduto su una pietra, come ci si ferma a sentire l'usignolo dopo l'alba. Gli operai delle Ferrovie dello Stato usavano gli spazi più a portata di mano come rifugio attrezzi, pale e picchi, legname e pezzi di rotaia, un materiale difficilmente trasportabile, sapendo bene che quel genere di luoghi veniva frequentato da barboni e fuggiaschi, e qualsiasi cosa di valore sarebbe sparita.

Là dentro gli capitava di incontrare personaggi come lui e si fermava a parlare nel buio (potevano anche essere slavi e allora non si capivano) o davanti alla fiamma di un piccolo falò, e ognuno raccontava un pezzo del proprio destino – *destino*, parola esagerata –, le proprie avventure, e dopo i discorsi bevevano lunghi sorsi di vino. Anche lui raccontava la sua storia. Il suo strano mondo scritto, credeva, inventato da uno scrittore che aveva spartito con lui la sua città di residenza – non quella di nascita – e ci tornava ogni tanto. Era uno che viveva ormai da anni a Torino, scriveva e leggeva per conto di un grande editore, e dicevano fosse diventato un uomo molto intelligente. Come le sapeva lui queste cose? Le intuiva? Le questioni del destino si possono intuire? No, ma uno crede comunque di saperle, di prenderci, diceva ai suoi simili, e a volte cambiava idea. Infatti, se ad averlo inventato una notte era uno scrittore, altre volte era un attore, un marinaio, uno che guardava la costa ligure e si annoiava, o un cantante del Festival. Era stato Dio a inventarlo. Come risuonava calmo questo nome. Cristo, forse, se tanto tempo prima al posto della riva di un lago avesse trovato una ferrovia non avrebbe camminato lungo i binari? Lo stavano a sentire.

Ma lo scrittore a quel punto c'era davvero ed era su questo dato che basava le sue teorie, affondava le sue ragioni. Aveva preso ad andare nella biblioteca di Diano Marina, la notte dormiva nella baracca, in un campo di carciofi (poco sotto c'era una caserma e temeva lo reclutassero o addirittura lo arrestassero per diserzione), e dopo aver scoperto i libri di tanta gente ligure e piemontese e di quell'Italo Calvino da Sanremo, un giorno che s'era ripromesso di lasciarsi alle spalle la città di Diano era venuto a conoscenza di un dettaglio fondamentale. A un amico d'infanzia, un certo Duilio, Italo Calvino aveva raccontato la storia di un bambino che cercava la fine dei binari.

E quel giorno, dopo averne letto ogni particolare, all'uomo dei binari era venuto da piangere. Non era più un bambino da una vita e nemmeno un ragazzo, si faceva la barba nelle stazioni con un rasoio recuperato in un bagaglio abbandonato, e si accorciava i capelli. E al vedere questo vagabondo piangere sulle pagine di Duilio Cossu, le impiegate della biblioteca di Diano Marina s'erano commosse e una aveva spartito con lui il pranzo.

Chiese se poteva copiare l'articolo, era un lungo articolo in cui si parlava approfonditamente di Italo Calvino e della sua invenzione ferroviaria, e la bibliotecaria gli fornì carta e penna.

Il frammento si può riprodurre come una testimonianza:

> Tutto cominciò con la storia di un bimbo che giocava con un pallone e di quel pallone finito oltre la ferrovia. Il bimbo vuole naturalmente riprenderlo ma la mamma lo ammonisce di non attraversare i binari, perché attraversare i binari è pericoloso. Il bimbo obbedisce alla mamma e va alla ricerca della fine dei binari, attraversando verdi valli, ubertose pianure, aride steppe, giungendo a terre lontanissime, fra uomini dai volti appena accennati.

Mentre trascriveva, aveva chiesto un dizionario e cercato il significato di «ubertoso». Si erano dimenticati di menzionare Gino e citare le minacce del vecchio toscano che prometteva di forare loro il pallone. Di Angiolina, rassegnata a tener chiuse le persiane.

La bibliotecaria lo invitò a tornare, a leggere Calvino – lo amava anche lei –, a bere un tè con lei, e a lui, sostiene coi suoi simili, dopo quell'invito era passata per la mente un'idea di lusso, un piatto di minestra e un bagno caldo in casa della giovane signora. Ma la bibliotecaria sorrise appena e non raccolse, continuando a pregarlo: ma venga, mi raccomando, venga in biblio, a leggere Calvino.

In realtà a lui i libri di Italo Calvino non lo convincono mica, spiega un po' a tutti. Li prende appena usciti, si siede al tavolone delle biblioteche e dopo un po' sbuffa e ci pianta lì. Non ci capisce mai granché, pur riconoscendovi una grande intelligenza e cose che lo riguardano, immagini di isole che potrebbero essere la Corsica, di lastre fluttuanti, riemerse. Baracche di città, deliri. Le solite cose degli scrittori.

Non prendeva mai appunti e non si segnava una sola notizia bibliografica; le novità di Calvino, semplicemente, le trovava una volta all'anno in biblioteca come i binari alla stazione. Ma quella volta le parole di Duilio Cossu le aveva trascritte fino all'ultima con la sua grafia di alunno della terza promosso in quarta, e ora non passava giorno che non tornasse su quelle poche parole per convincersi di com'era andata.

> Mi lesse la favola su una panchina di corso Imperatrice, in una mattina di vacanza, e ci mise nel leggerla un calore che non gli conoscevo.
>
> Allora, in quel pomeriggio di giugno del 1940, camminavamo in una città che non avremmo vista mai più, non eravamo allegri, anche se la scuola quell'anno era finita anzitempo. Dal fronte che correva poco più in là di Ventimiglia e poco prima di Mentone, giungeva il rombo delle artiglierie italiane e francesi e noi andammo sul molo, per sentire meglio gli scoppi e vedere forse meglio i bagliori. Il sole mandava ondate di tepore e di luce sulle spiagge e sulle colline di Sanremo e alcuni pescatori erano intenti a staccare patelle dagli scogli. Il profilo di Capo Nero tremava nel riverbero.

A parte questa coincidenza, quando gli chiedevano perché ad averlo inventato doveva essere proprio quel Calvino, lui non sapeva rispondere. È che se lo sentiva, era lui, certo, più degli altri, più di un attore, più di un marinaio. Era lui.

Sul tempo di uscita dell'intervista a Cossu non si può dire molto, le voci sono discordi, alcuni sostenevano avesse rilasciato l'intervista negli anni Cinquanta o all'inizio dei Sessanta, altri molto più tardi. Ma lui aveva letto quella storia a Diano e in seguito l'aveva ritrovata nella prefazione di un libro, dalle parti di Alassio.

Ogni tanto anche il suo presunto inventore attraversava la Liguria in treno, e chi lo sa, da qualche parte si sarebbero potuti incontrare. Per un istante, Calvino avrebbe incrociato i suoi occhi senza riconoscerlo, il cane che dopo tanto tempo ignora l'essere da lui concepito, ma in qualche modo lo sa? Il destino letterario.

E a lui sarebbe piaciuto conoscerlo, oh, se gli sarebbe piaciuto anche se Calvino, interrogato e messo alle strette, avesse negato la paternità. In ogni caso, prendere con lo scrittore qualcosa al bancone di zinco di un bar alla stazione di Alassio o Laigueglia, Albenga. Era una di quelle domande che non mancavano di rivolgergli là sotto, e lui abbassava le palpebre... Incontrarlo, o incontrarlo di nuovo, del resto avevano più o meno la stessa età, e non era detto che non avessero frequentato gli stessi carruggi di Sanremo o la piazzetta dove posteggiavano i carrettieri.

A queste cose della biografia dello scrittore nato a Cuba ci si era appassionato per caso, per il piacere di condividere una geografia, e inoltre perché sui tavoloni delle biblioteche c'era sempre pieno di suoi libri, e non si parlava d'altro che di visconti dimezzati e cavalieri inesistenti.

Se l'articolo di Cossu l'aveva trascritto prima del 1958, un sospetto che potesse essere tutto quanto vero lo ebbe quando trovò in libreria *Il barone rampante*. Calvino l'aveva pubblicato l'anno prima, la casa editrice era al solito quella per cui lavorava. Quel pomeriggio d'inverno, terminata la lettura, l'uomo dei binari aveva alzato gli occhi alla vetrata della biblioteca di Laigueglia e sorriso. Ma dai... Uno che inventa un barone rampante non può non aver progettato prima o poi uno come te. Ci giocava una perfezione maniacale, lo stesso pugno di costrizioni – e Calvino doveva conoscerle bene –, il mare visto da Ombrosa, il punto di vista differente, la verticalità, da una parte; la Pigna e piazza Bresca, i palloni rotolanti e i binari dall'altra... Perché uno così, uno come Calvino, le beffe della Liguria deve averle a una a una sottomano.

Anche quella volta cercò un aiuto nelle parole di una bibliotecaria a caso, le andò vicino e le bisbigliò la questione. Cos'altro poteva scatenare, signora, l'ossessione della verticalità vegetale, se non una forma di contraltare come l'orizzontalità minerale ferroviaria... S'era studiato le parole per ore, soddisfatto, aspettandosi un complimento, ma la bibliotecaria l'aveva annusato e aveva rovinato tutto in fretta, inclinando la testa da un lato e restituendogli un unico bisbigliato ohibò.

S'era tornato a sedere, ci sorrideva, beato, e tuttavia, nello stesso tempo, un po' amareggiato per quella fine che Calvino faceva fare a Cosimo. Avrebbe potuto riappacificarlo con la terra e invece no, ora lui stava lì a guardare quei vetri sporchi di biblioteca, in un'impressione di veder passare da un momento all'altro in quel pezzo di cielo di Laigueglia la mongolfiera, la corda penzolante cui stava aggrappato Cosimo, diretto verso il mare di Genova... Una proiezione finale del genere il suo creatore l'aveva riservata anche a lui? Trascorrere la vita inseguendo la fine dei binari e alla fine salire su un treno come sulla mongolfiera di Cosimo tra i lampi.

Ma poi, a cosa serviva sapere, cambiava qualcosa sapere? Lo chiedeva agli amici di bivacco, e diceva loro ma fa niente, e siccome faceva niente ci finivano per bere sopra. Nessuno lo giudicava, non là sotto, non come altrove che quando finiva di parlare si mettevano a ridere. A quel punto il pallone doveva essere semplicemente sgonfio, scolorito, bucato, le battute le sapeva tutte a memoria ormai.

Ognuno si portava appresso i propri fantasmi, e quanto a lui, era stanco di precisare che alla fine non era più nemmeno una questione di palloni. Si andava, si andava andando, come in fabbrica, come per un turno che ci tocca, e alla fine, prima del vino, si spartivano in silenzio con i residenti del buio le cose messe assieme per il pranzo. Si era procurato un'altra bisaccia, era la terza o la quarta, il tascapane gliel'avevano fregato qualche tempo fa, e questa l'aveva presa in prestito in un capanno, accanto a una serra, uno di quei luoghi odoranti di pesticidi e più contaminati delle gallerie. Un giorno l'avrebbe riportata dove l'aveva presa. Forse era ancora un bambino.

DALLE PARTI DI CAPO MELE

Dentro una galleria, sotto la debole luce di un faretto, aveva trovato un bullone tutto arrugginito, grosso come un mandarino, e se lo mise in tasca.

I rifugiati delle gallerie si pulivano la bocca, davano un sorso e gli passavano il cartone, e lui aveva imparato a fare altrettanto. La prima volta gli girava la testa e si era addormentato nella spelonca, poi aveva imparato a dosare e gli girava solo la testa.

Del resto, di non essere più un giovanotto se ne accorgeva nel tentativo di misurare gli spazi temporali: non da quanti anni frequentava le rotaie, ma dal numero di città superate, stazioni e scarpate e radure, colline più o meno ospitali, e ovunque essercisi fermato una sola ora o un mese, due, stagioni. Esserci giunto con le lunghe piogge prima del caldo ed essere ripartito prima dell'estate successiva o dell'altra ancora. La città con due stazioni, per esempio, e i suoi centri di smistamento, i suoi ammassi di spondine, le montagne di ghiaia già arrugginita prima ancora di essere stesa. Da quanto s'era lasciato dietro i binari morti di Puerto Mauricio e Oneglia.

Inutile festeggiare, paralleli proseguivano altrettanti fasci di binari, uno, due, persino tre. E davanti a questi calcoli si tornava a fermare, una sosta, tra lo stanco deluso e il sognante, su una panchina, finiva per sdraiarsi e addormentarsi al sole. Stringeva gli occhi e nell'incendio dell'iride rivedeva la madre.

Le squadre degli operai e le ruspe rompevano le colline, gettavano giganteschi ponti, nessuno ne aveva mai visti di così imponenti, e quando dopo qualche stagione calda e polverosa ruspe e operai se ne andarono, iniziarono a passare su quei ponti e su quelle strade a sbalzo macchine e camion sempre più veloci e moto, corriere, e sulle colline dove lui riposava, guardando le spume da lontano, i ruggiti coprirono persino i rumori dei treni.

Nel brusio proveniente dalle spiagge di Diano Marina, San Bartolomeo, Cervo, Andora, Laigueglia, Alassio (che bella Alassio), fin dopo Albenga, egli aveva sempre risentito la voce di lei, le sue parole farsi spiaggia, la voce che sapeva riportarlo ai Bagni Paradiso.

«Mamma, vado in acqua».
«Non dove non tocchi».

Era lei.

«Mamma vado a giocare a pallone».
«Sì ma non sudare».

A bagno, tutto quel mondo dove non si toccava era il mondo intero, era la rotta. La voce di lei emergeva dalle rive, o da più lontano, proveniva dalle isolette che la costa seminava tra i suoi occhi e l'orizzonte. I colori feroci, sparsi dal giorno e bruciati dalla luna. A volte all'alba apparivano dal nulla i relitti dei barconi, scivolavano sui diamanti, erano scogli anche quei barconi colorati, e la madre, divorata dai suoi stessi sogni e dai suoi sensi di colpa, si materializzava al fondo. L'isola inarrivabile, una specie di Corsica impiccata all'orizzonte, che non sai mai se c'è, se è terra o mare, ma sai che non c'è più. L'unica voce senza più materia, un molo nel vuoto azzurro, posato sui fondali e fluttuante allo stesso tempo, la missione e l'illusione di essere un ponte per nessuno. La vita allora era come se si stesse staccando a morsi dalla costa, e si soffermasse al largo dello stempo, gli mancava così tanto una madre che l'avrebbe raggiunta a nuoto, se avesse saputo nuotare...

Una volta ai Bagni Paradiso era stato lì lì per imparare. Ma poi, l'inverno dopo si era messo in testa di recuperare il pallone. Era andata così? Facile, si disse.

Anche Italo Calvino aveva sorvegliato a lungo il mare dalle montagne di fronte alla Corsica. Successe quando era ormai giovanotto e partigiano. E con Walter Benjamin s'erano mai più visti? No, l'ultimo incontro tra loro avvenne quella volta alla stazione di Sanremo. Poi Benjamin era partito e tornato in Liguria l'anno dopo ma il padre di Italo in quel periodo aveva reclutato i figli e chiesto loro di aiutarlo nella campagna di San Giovanni e nelle serre, così guardando Libereso avrebbero imparato qualcosa. E comunque c'era dell'altro, c'era che quell'anno Italo aveva l'età e preferiva andare al cinema con Duilio ed Eugenio e altri ragazzi.

Quanto a Walter, era un uomo braccato dalle ombre e lo sarebbe stato per sempre. Quell'ultima volta, in stazione, Italo non era riuscito a dirgli che poche cose, lasciando tutto in sospeso. Anche se dovevano essere stati discorsi e questioni importanti, per esempio: dov'era la valigia? Gliel'aveva chiesto anche Duilio, vedendo che non l'aveva con sé. Quest'uomo del Nord, con gli occhialini, le spalle curve, si portava via solo lo zaino, sulla spalla, assieme al piccolo baule che aveva con sé quando era arrivato, e il facchino l'aveva scaricato. Insomma, i libri illustrati per bambini erano rimasti a Villa Verde?

Qualche anno dopo Walter Benjamin aveva iniziato il suo viaggio estremo, e l'ultimo luogo in cui aveva vissuto era stata la stanza di una pensione ai piedi dei Pirenei. Anche a proposito di quel viaggio è destino si parli di una valigia perduta.

A cosa aveva pensato quella sera l'uomo senza più terra dove scappare? Ai disegni delle isole? Ai colori verdi e blu della lucertola ocellata?

Successivamente agli eventi, a Sanremo si iniziò a combattere, come dappertutto in Italia, e si trattò di una guerra feroce. Italo s'era rifugiato in un nascondiglio, c'era parecchia gente là dentro, ci si stava come in una galleria senza treni. Gli scarponi dei nazisti e dei fascisti scricchiolavano sulle strade lastricate. Italo aveva le sue idee, e un giorno, là sotto, parlando con un cameriere rimasto a lungo a servizio della signora Dora a Villa Verde, era venuto a sapere che la valigia di cuoio piena di libri illustrati si trovava ancora negli scantinati della pensione.

Prima di salire in montagna, era stato a Villa Verde e aveva rivisto il giardino, un po' come si riattraversa una stagione. Quel mondo raccontava una resa, incolto e abbandonato com'era, le foglie secche delle palme che nascondevano il mare. Aveva parlato coi custodi, anche se la villa era momentaneamente chiusa per lavori, Dora s'era trasferita, non si sapeva dove. In Inghilterra, diceva qualcuno, col figlio, che era anche il figlio di Walter. Della valigia nessuna notizia.

In montagna aveva conosciuto il figlio di un carrettiere, Italo si faceva spesso amici tra i figli dei mulattieri, e costui gli aveva raccontato che poco prima di salire in montagna aveva aiutato il padre a traslocare mobilia e librerie intere dalle ville possedute dagli ebrei di Sanremo e delle vicinanze. Avevano prelevato e trasportato anche oggetti da Villa Verde. Lo ricordava bene. Poche cose, qualche sedia, un letto, qualche valigia, tutto quanto ammucchiato in una vecchia polveriera. Cosa serviva veniva venduto, il resto bruciava. Lo sapevano bene tutti che fine facevano le cose degli ebrei.

Dopo la guerra Italo era tornato a cercare la valigia, ma sempre meno, nel senso che non ci sperava più, le voci parlavano dell'inevitabile falò alimentato da tutte le carte e da ciò che di scarso valore era rimasto senza proprietari. In quel tempo, dopo l'università, Italo si era trasferito definitivamente, le strade piane e geometricamente perfette di Torino avevano sostituito i carruggi e il senso della verticalità ligure sarebbe sopravvissuto solo nelle sue pagine e nel suo immaginario.

Non gli restò altro che leggere tutto ciò che Walter aveva fatto in tempo a scrivere e a non perdere, ed essere ben contento che fosse la stessa casa editrice per cui lavorava a pubblicarne l'opera. Così era saltata fuori la questione per cui pareva che Walter Benjamin avesse con sé una valigia segreta anche sui Pirenei. Ma secondo alcuni questa era stata poi ritrovata, sebbene secondo altri una parte del contenuto fosse andata perduta per sempre.

Ogni tanto Italo tornava a Sanremo, incontrava Duilio, divenuto nel frattempo avvocato, mentre Eugenio, l'altro ottimo amico, era un brillante giornalista; gli capitava di sedersi con loro sulle panchine di corso Imperatrice, come da ragazzi. Chissà se rifaceva accenno alla favola della fine dei binari. Forse assieme guardavano la Corsica, in silenzio, come se quel silenzio contenesse ogni altra cosa dell'infanzia e dell'adolescenza, le nuotate al relitto, la guerra, la campagna di San Giovanni, le favole dei palloni, l'incredibile incontro con Benjamin e quello mancato sempre di poco con il lucertolone blu.

Parlavano piuttosto dell'Italia ancora martoriata, delle cose su cui era importante ragionare, dello stato di quelle cose, di come curare la libertà e la democrazia e di capire il sangue dei vincitori e dei vinti. Loro volevano sapere da Italo cosa leggeva la gente, e di Parigi, dove lui a un certo punto era andato a vivere, della casa in Toscana che voleva comprare e della terra a Sanremo che presto avrebbe venduto col fratello. Dei libri della famiglia che avrebbe donato alla Biblioteca Civica.

Un giorno con Duilio erano andati a guardare il mare, in quel tratto dopo il Cimitero Monumentale, e passando davanti a Villa Verde avevano alzato gli occhi alle palme. Di solito, ogni discorso atterrava in quella stanza piena di morte, nella pensione di Port Bou, e si tralasciava il resto. Ma quella volta scesi davanti al mare Duilio lo disse: «La favola del bambino e il pallone...».

«E i binari... E il bambino e le isole. Mi pento di non averla scritta. Potrei sempre farlo».

«Sai, è che un bambino che cerca la fine dei binari c'è davvero...».

Siccome Italo non disse nulla, Duilio riprese lentamente la parola.

«Avrà la nostra età, anno più anno meno...».

Italo accennò una risatina, e subito tornò serio. Duilio lo informò nei dettagli, nessun segreto, era una storia sulla bocca della città, strano – anche se lui mancava da anni – non l'avesse mai sentita. Ma Italo era giustificato, non frequentava quasi più nessuno a Sanremo, tolta la madre e gli amici stretti.

La madre del bambino dei binari dava lezioni di pianoforte, il padre morto da anni, il bambino quasi non l'aveva conosciuto, era un bambino normale ma qualcuno diceva pure che tanto a posto non lo era. Un giorno il pallone aveva scavalcato la ringhiera in piazza Bresca, ed era finito sui binari. Il bambino s'era intestardito, e attraverso chissà quale giro s'era messo in viaggio per recuperare il pallone. Altro non sapevano, la madre era andata sulle sue tracce, verso levante, la direzione indicata dall'amico di giochi che l'aveva visto per ultimo.

Sanremo. Italo avrebbe ricevuto solo schiaffi dalla città, venduto le terre del padre, ci avrebbe visto nascere palazzi come fungaie, e forse quella storia orizzontale valeva solo la pena di essere raccontata per inventare la vita di un bambino che pur di non disubbidire alla madre aveva ubbidito alla letteratura.

E così quel giorno Italo Calvino guardava il mare, era più o meno mezzogiorno, la Corsica lontanissima, era passata da ore, e forse sarebbe emersa al tramonto, forse no. E Calvino la guardava lo stesso.

DALLE PARTI DI ANDORA

La Corsica è il posto dove all'alba bruciano i sogni, sosteneva Calvino, ma lui questo tale Calvino, da bambino o da grande, non l'aveva mai conosciuto, e la Corsica di Calvino non era la sua. Forse si assomigliavano, come lo fanno le isole. La sua identificava giusto il frammento di una deriva, la nave destinata ad affondare in qualche mare invisibile (del tempo?). Perché le isole non sono mica eterne, ci sono e se ne vanno.

Certe notti, della Corsica, l'uomo dei binari ne parlava coi compagni di viaggio. Era lui che faceva venire il discorso, per gli altri lei era sempre stata solo una lontananza. L'isola corsara. E allora ognuno diceva la sua. La cattedrale prima del burrone. Cose così.

A volte taceva anche lui, incolpava la febbre e la fame, ma non smetteva di pensare alle inutilità nell'aria, alla Corsica e a chi l'aveva inventato. Tutto questo lo ignorava, no, non lo sapeva più neanche lui com'era andata con quella sua vita raminga. Voleva la libertà e la libertà esisteva solo attraverso il culto della libertà. La febbre lo faceva sragionare e allora se ne stava un giorno intero sdraiato sulle panchine di una stazione, a sudare, fin quando il fuoco non si spegneva e passava, come un treno, sul cuore, lasciando i segni. Nel frattempo, tra chi transitava accanto alla panchina – di solito qualche donna impietosita –, c'era sempre qualcuno disposto a disfarsi di una moneta e a posargliela nel berretto.

Dalle parti di Andora ci si era fermato a lungo, forse un anno, lavorava in spiaggia, a pulire e rastrellare la sabbia la sera, a tenersi le monete che la gente perdeva attorno alle sdraio, ed erano tante, una specie di mancia.

La notte gli permettevano di dormire in una grossa cabina piena di stracci, retine, palette, salvagenti, e di giorno gli chiedevano di lasciare libera e pulita la cabina.

Leggeva ancora, un alibi per riscaldarsi nelle biblioteche, durante l'inverno. Di libri gliene piaceva uno su cinquanta e siccome là dentro ce n'erano a migliaia, li iniziava tutti e se non gli piacevano li mollava quasi subito. I giornali dello sport invece li leggeva da cima a fondo anche se parlavano di stupidate, di calciomercato. Anzi, per cose del genere andava matto. Certe stranezze non sapeva mica spiegarsele.

Il bambino che camminava lungo i binari era infinitamente lontano, smarrito in un sistema ferroviario sconosciuto, o era come se lo precedesse. In ogni caso, per certi aspetti, era rimasto il bambino dei giochi lungo i binari. Ogni tanto al tipo di giochi, le capanne di frasche, i nascondigli e gli assalti degli indiani al treno, a cose del genere tornava a pensarci, e anche al bambino, e la differenza tra l'infanzia e il resto della vita ferroviaria stava esattamente in quella finta di giocarci seriamente.

Tolti i giochi, se c'era qualcos'altro in cui era riuscito a impegnarsi a fondo durante l'infanzia, era stato quel continuo guardarsi bene attorno, tenersi pronto, rendersi conto del pericolo prima che fosse tardetti. La vita alimentata dalla fortuna, era andata così, finora. Da ragazzo era riuscito a mettersi al riparo dalla guerra, a sentirne le fucilate, vederne i morti per le strade e nelle stazioni, e a non impazzire. A non morire di fame. Scappare via dalle bombe e trovare la gente pigiata nelle gallerie, allora l'odore dei fuochi e della polvere alzata dai crolli faceva pensare anche lui alla montagna, ma avrebbe significato mollare tutto.

E ora che era adulto, e terminate le febbri si rialzava a fatica, indolenzito, andava a lavarsi collo e denti alla stazione, e si specchiava, egli si accorgeva d'averla scampata solo per qualche trucco, come la legge dei tramonti, i misteri delle isole, una forma di stempo che governava le vite letterarie.

La barba lunga, qualche filo bianco, erano giusto un dettaglio in grado di dargli notizie cronologiche, mentre il resto, la cascata di edera e rampicanti e fiori e agavi, saldati al muro carsico cui si addossava il più possibile per non farsi risucchiare da un treno, appartenevano a una specie di logica, a una traballante logica ferroviaria. No, della vita non si spiegava mica nulla, davvero nulla, una formula, ma doveva trattarsi di una formula sconosciuta, almeno a lui, quanto lo potevano essere le stelle e la luna sui binari, o di giorno le scritte che vedeva incise sulle spondine. Codici che notava solo lui e ignorava.

Eppure non c'era fretta, avvertiva tutto quel fluire come se lo sentisse ancora da un tempo bambino, e credeva di averne ancora chissà quanto a disposizione, perlomeno per finire il suo lavoro, per prendersi il suo merito. E allora, quasi senza accorgersene, quando gli capitavano questi momenti unici di coscienza e questi brividi, egli scendeva dalla scarpata dei binari a monte, cercava un sottopassaggio, e se ne andava alla spiaggia. Nella bisaccia aveva sempre un paio di pantaloncini corti, si spogliava del resto, si stendeva sugli scogli e quando il sole gli cuoceva la pelle si voltava e si lasciava cadere dolcemente in mezzo metro d'acqua. Si lavava le parti più intime del corpo, agitava la sabbia come lo faceva ai Bagni Paradiso. Ci sarebbe rimasto fino al tramonto, a respirare il salso e a ricordare i pomeriggi nell'acqua con la mamma e Gino, la paletta, il pallone...

Un giorno pensando a tutte queste cose fece finta di saper nuotare e dopo un po' si accorse che stava a galla. Quel giorno vide un pallone sgonfio tra gli scogli, avvicinò la mano e come se fosse un granchio la ritrasse. Sentì un po' di tristezza, per quel suo compito inutile, tutto chiuso nel destino di inseguire il nulla. Allora, per il resto del giorno, per non ripensarci, crede lui, continuò ad affinare le tecniche di nuoto e tutto passò. Era così contento di aver imparato a nuotare che ora sentiva la madre più accanto, ne sentiva l'odore, non il profumo di violetta che usava prima di uscire, ma il suo odore di madre. E tutto passò, anche quella sensazione di benessere, appena si abituò al fatto di saper nuotare.

Passavano anche delle barche al largo, portavano fin qui le onde, e di ogni passaggio sentiva un palpito e gli parve che il nuoto esercitasse una specie di palpito al basso ventre.

Da quel giorno, ogni volta che si fermava in una spiaggia a esercitarsi, capitava il miracolo, si materializzava tra qualche scoglio il pallone sgonfio e sbiadito, e un po' ci restava ancora male. Come se il mondo lo prendesse in giro. Allora si asciugava in fretta, raccoglieva gli stracci, il bagaglio, comprava una focaccia con gli spiccioli elemosinati, e si dirigeva dove sapeva lui.

In realtà non poteva dire perché tornava in fretta ai binari. Forse perché sei tentato di tornare a Sanremo? È facile.

LA SPIAGGIA DI ALASSIO

Un pomeriggio, immerso nell'acqua sabbiosa, successe un'altra cosa importante. Si riteneva uno di quelli capaci di calamitare palloni vaganti, i ragazzi giocavano a pallavolo o sulla riva a calciare punizioni da fermi, col portiere in mezzo metro d'acqua, e prima o poi, regolarmente, il pallone finiva nelle sue vicinanze. Lui lo raccoglieva, ne saggiava la consistenza – palloni moderni, di gomma dura –, e si guardava attorno per vedere a chi gettarlo, negandosi tuttavia il desiderio di tentare un palleggio.

Quel pomeriggio era già successo diverse volte, restituiva il pallone con le mani e tornava a sbracciare nel suo metro e mezzo d'acqua, quando si accorse che un uomo, seduto sugli scogli, lo stava osservando.

«La mano entra male» disse l'uomo. Aveva capelli forti e un sorriso calmo.

«In che senso?».

«Gomito alto».

«Così?».

«Meglio, ma sbagli il recupero del braccio, all'entrata della mano deve seguire il lavoro del braccio...».

«Teso o piegato?».

«Disteso e poi piegato. Fai vedere, lentamente».

Obbedì, mandandosi una decina di bracciate lentissime, e man mano l'emozione aumentò, gli sembrava di guidare un treno.

«Continua, chi si ferma è perduto».

Si impegnò fin quando non cominciò a sputare acqua salata. Uscì e si issò sullo scoglio, si sedette accanto all'uomo che se ne stava lì, come se l'avessero messo a controllare le tecniche di nuoto dei bagnanti.

«Non vai male, ma devi migliorare anche la battuta delle gambe, una questione di esercizio, e la respirazione...».

Il mare era quello appena dopo il Torrione di Alassio, l'uomo gli aveva chiesto se era del posto. No, era di Sanremo, e alla domanda se il mare di Sanremo non andava bene, aveva risposto di sì, i Bagni Paradiso erano quanto di più bello ci fosse in riviera, ma lui non era ad Alassio per il mare.

Neanche l'uomo era del posto, possedeva una casa a mezza costa, era un pittore e gli piaceva spostarsi da una collina all'altra alla ricerca di isole. Disegnava isole e carrubi. Disse proprio così: sono un disegnatore di isole e di carrubi e l'aveva guardato per vedere che effetto doveva fare sentir dire da uno sconosciuto una cosa del genere.

L'uomo dei binari non commentò e gettò uno sguardo all'isoletta che stava più o meno davanti a loro. Alcuni la chiamavano Gallinara, per altri era l'isola di Alassio.

«Disegni lei?».

«Anche, ma non solo, c'è mica solo lei».

A ponente l'isoletta mostrava la forma di una testa di lucertola, a levante si alzava il declivio di una collina boscosa, che in lontananza avrebbe dato l'impressione di una gobba di cammello, non fosse per tutto quel verde. In cima alla gobba biancheggiavano poche case orlate dalle fronde e al fondo bordeggiava l'isola la striscia chiara e scogliosa, doveva essere l'effetto delle onde a provocare l'erosione e l'assenza di vegetazione. Il giro della striscia gialla, come di alga secca, era il più difficile da rendere su tela, disse l'uomo. Si basava su quelle tempere lì, una tonalità alga secca, anche se lui preferiva lavorare con la matita.

L'uomo dei binari guardò l'isola, era il suo segnalare le cose, un gesto del mento, poco prima gli aveva segnalato allo stesso modo il pallone che schizzava sulle onde e rimbalzava beffardo davanti al portiere.

Doveva farci un bel fresco sotto tutti quegli alberi, peccato ci cagassero i gabbiani, disse. In effetti volteggiavano più uccelli a mezz'aria dalle parti dell'isola che sull'intero tratto di costa da Alassio a Capo Mele. Fintavano uno spostamento in massa verso la costa ma, tolto qualche volo diretto in cielo, la maggior parte tornava all'isola.

«Ce ne sono sempre a centinaia, troveranno da mangiare» disse l'uomo che disegnava le isole. Lui in realtà ne preferiva altre, altri isolotti, non così vicini, anche se uno alla fine disegnava le isole che gli capitavano. Per esempio, l'isola di Bergeggi era bella, e prima ancora quella di Albenga, che poi era questa di Alassio, ma era come se ad Albenga fosse un'altra isola, un soggetto osservato da una diversa angolazione. Questo dettaglio, disse, non era di poco conto, perché disegnata da altrove la stessa isola diventava un'altra isola a tutti gli effetti. L'uomo dei binari ne ascoltò le teorie un po' turbato.

«Ho detto qualcosa che non va?» disse l'uomo delle isole.

All'uomo dei binari venne da ridere. «È che parla come certi libri che ho letto nella biblioteca di Diano e Cervo».

«Cervo. Allora avrai visto la piazza dei Corallini. E l'isola di Cervo l'hai vista?».

Dopo aver pensato a lungo a una eventualità del genere, l'uomo dei binari chiese se era sicuro che a Cervo ci fosse un'isola o anche solo un isolotto. Lui c'era passato tanto tempo prima, ci si era fermato un bel po' e gli pareva di poter affermare di non aver mai visto nulla al largo di Cervo. Aveva tenuto d'occhio quel mare sia dalla riva che da mezza costa. C'era un bellissimo castello, la signora del ristorante era gentile, ogni tanto gli dava un piatto di acciughe fritte. Facevano serate di gala, leggevano pagine di libri, era estate, forse ci giocava la foschia estiva, ma un isolotto, via, lo ricorderebbe se ci fosse stato.

«Infatti non si vede, è addirittura un arcipelago e sta nelle acque di Ajaccio, si chiamano isole Sanguinarie».

L'uomo dei binari fece un rumore di naso. «Ajaccio è in Corsica» disse per averlo letto su un atlante. «Così è troppo facile, tu ti piazzi a Laigueglia con carta e matita sulla sdraio, piedi a bagnomaria e disegni l'isola d'Elba. Poi vai a Cervo, sali in piazza, ti siedi sui gradini, ti metti a disegnare qualche scoglio davanti ad Ajaccio e dici che sono le isole di Cervo».

L'uomo delle isole annuiva, sorridendo.

«Che hai fatto a Cervo, a parte scroccare acciughe?».

«Io non scrocco niente, scemo».

«Non intendevo urtarti. Avrai ascoltato scrittori, immagino abbiano detto ai lettori: sedetevi lì che vi spiego la vita... Ma non hanno spiegato che piazza dei Corallini la chiamano così perché dal porticciolo partivano le barche in rotta per le isole... Sono isolotti di una pietra che al tramonto prende una tonalità porpora, dev'essere per questo che le chiamano le Sanguinarie».

«Andavano lì a pescare?».

«A caccia di coralli, ed ecco il nome della piazza, poi successe una disgrazia e a pescare coralli basta, ma il nome restò».

«E tu ogni volta disegneresti diverse anche le Sanguinarie?».

«No, le Sanguinarie non le vedo, cambio solo le isole che vedo».

Non le cambiava solo di fisionomia, ma le colorava diversamente, del resto, nel tempo, per esempio a vederla il mattino o nel pomeriggio tardi, un'isola non era la stessa, non era neanche parente, disse. Era come vedere un luogo nuovo.

«C'è come dalla notte al giorno?» disse l'uomo dei binari per tenergli piede alla bestialità.

«C'è come dalla notte al giorno» concluse l'uomo delle isole.

«Anche isole lontane?».

«Se le disegno? Dipende, se le vedo sì, ma te l'ho appena detto, anche se non le vedo. Per vedere un'isola basta una sfumatura, un capo, ogni sperone che si getta in mare è un'isola, mica una penisola, se da qui guardi verso Francia hai l'isola di Laigueglia, e poi quella di Capo Mele...».

Volsero la testa verso lo sperone di Capo Mele, velato dai vapori e da un sole basso ormai. Quel sole entrava in mare e uno capiva che ciò che combinava in acqua era un lavoro da minatore. L'uomo delle isole disse che il sole trasformava porpore in coralli e li mandava al fondo.

«Allora ti sembra un'isola Capo Mele...».

L'uomo delle isole ci guardò e disse: «È una domanda? Non vedi che è un'isola?».

Disegnava quelle cose lì, le levigava, le tagliava, smussava gli spigoli, così da penisole erano costrette a diventare ciò che erano, autentiche isole. Perché se a uno sperone qualsiasi ci tagli il mento, disse proprio così, l'invenzione è assicurata, e fece un gesto con le mani come se avesse gettato sulla sabbia qualcosa.

Isole anche verso Genova. Tirò fuori una cartellina dalla borsa che aveva con sé sullo scoglio, e gli mostrò una cartina. Era una cartina scarabocchiata, l'intera costa ligure, affollata di nomi e capi-penisola, Capo Noli e, passata Genova, Portofino, Monterosso, l'isola del Tino e della Palmaria, fino alla costa toscana.

«Le isole della Liguria non finiscono mai, cosa credi, dipendono dalla meteorologia, le moltiplica la luce, l'aria, le stagioni».

«Non disegni altro?».

«Cose che ho visto anni fa, durante un soggiorno forzato nel sud, in un paese in cima ai calanchi. Mi piace molto anche disegnare i carrubi, te l'ho detto... Fai vedere».

Aveva notato una brutta ferita sulla gamba. L'uomo dei binari disse che era una botta, una volta per due nelle gallerie era lungo sdraiato per terra e ci picchiava dei colpi come mine. Lo disse per metterla sul ridere, ma l'uomo delle isole posò la mano sulla gamba ferita e disse: «Poi se vuoi ti do qualcosa».

«Sei anche dottore?».

«Inutile che ridi, sì, sono anche medico».

Ogni tanto si sentiva un urlo e l'uomo dei binari si voltava a guardare, scendeva con un saltino dallo scoglio e restituiva il pallone.

Aveva notato che non facevano come lui e Gino in piazzetta Bresca, che calciavano a turno rigori e punizioni e chi non segnava andava in porta. In spiaggia, ad Alassio, restava in porta sempre lo stesso, spalle all'isola, acqua ai polpacci, in mezzo a una porta senza pali, e il pallone rimbalzava all'ultimo sulla cresta dell'onda e avrebbe beffato anche il miglior portiere della costa.

L'uomo delle isole gli chiese se gli interessava più il pallone che il discorso delle isole, l'uomo dei binari tornò a issarsi sullo scoglio e non disse nulla.

«C'è meno gente, fammi un po' vedere come nuoti a rana». Ma l'uomo dei binari disse che non ne aveva voglia, a rana non gli piaceva, e poi non era abituato a ubbidire agli ordini. Allora si incamminarono verso le docce, si lavarono con una lisca di saponetta, trovata nel piattino, e ognuno tirò fuori dalla propria borsa qualcosa di più o meno pulito. Il sole ci mise un po' a seccare la pelle, era l'ultimo e metteva la forza solo nei colori. Una volta vestiti, senza dirsi quasi nulla, come se fossero d'accordo da tempo, si diressero verso levante, in un'impressione di aggirare l'isola di Alassio.

L'uomo delle isole scelse un punto comodo, posarono le borse su un muretto e si sedettero. Non se lo dissero ma sapevano entrambi di essere lì in attesa di un evento.

L'uomo delle isole aveva tirato fuori un binocolo dalla borsa e lo spostava lungo la linea dell'orizzonte. Ogni tanto guardava l'orologio e all'uomo dei binari veniva da ridere.

Non sarebbe apparsa. Era di legno, all'alba bruciava coi sogni della notte, al tramonto galleggiava giusto qualche tizzone sul resto carbonizzato. Metteva assieme ogni sua conoscenza, riportando parole e ipotesi usate dai colleghi durante i bivacchi negli spazi carsici. L'uomo delle isole lo ascoltava, ma senza farsi distrarre.

La questione dei sogni l'aveva letta in qualche biblioteca, se non andava errato era una cosa che sosteneva Calvino, disse. Così per la prima volta saltò fuori il nome di Calvino e l'uomo dei binari rivelò la possibilità per cui dietro il suo viaggio ferroviario ci fosse proprio lui, Calvino.

L'uomo delle isole abbassò il binocolo e lo guardò di sottecchi.

All'ora stabilita dalle circostanze siderali uscì una vecchia, molto tradizionale Corsica, si situò in uno dei punti poc'anzi più monitorati, e l'uomo delle isole controllò l'ora. Segnò qualcosa su un taccuino e per un altro po' tacquero.

Quasi avesse chiaro che era stata avvistata, l'isola fece finta di niente e affondò. Non si può dire col rumore di una cattedrale che crolla e si alza un polverone, ma di colpo, silenziosamente, era affondata.

Come gli mancava sua madre, disse all'uomo.

Era ancora viva? Questo sì, era appena adulto lui... Certo, se le fosse sopravvissuto, non sarebbe potuto andare al suo funerale, non l'avrebbe saputo mai da nessuno... Ma dove andava? E l'uomo delle isole – guardava l'arrivo delle onde senza binocolo – lo lasciò andare.

Non durò a lungo il silenzio e quando l'uomo delle isole guardò nella custodia il binocolo e lo mise nella borsa, l'uomo dei binari diede una sbirciata e disse: «Vedrei volentieri i disegni, devono essere interessanti tutte queste isole diverse».

L'uomo delle isole cercò nella borsa, tirò fuori un piccolo cavalletto allungabile e un altro binocolo, chiese all'uomo dei binari di tenerlo, e riprese a cercare tra le cartelline.

«Questo assomiglia a quelli della guerra che usavano i tedeschi» disse l'uomo dei binari girandosi il binocolo tra le mani.

«Che ne sai di guerre?».

«Ne so, e come, non saprò di isole ma di guerra...» fece un gesto con la mano, come a tagliare l'aria. «Ero poco più di un bambino quando i tedeschi controllavano le stazioni, se ti vedevano che camminavi sulla strada ferrata ti sparavano dai finestrini come ai tordi... A volte facevano fermare il treno e scendevano, oh, ma io li fregavo, mi buttavo dentro una galleria, mi andavo a gettare sulla ghiaia, loro sparavano un po' ad altezza d'uomo e non entravano...».

L'uomo delle isole si era acceso un sigaro e profumava l'aria. Teneva in mano la cartellina dei disegni, non l'aveva ancora aperta, deluso, si direbbe, avrebbe voluto mostrargli i disegni, ricevere un giudizio, non racconti di guerra. L'uomo dei binari capì e disse cosa aspettava a tirar fuori i fogli.

Ci diede un'occhiata attenta, valutando schizzi di piante che potevano essere pini, carrubi, e poi passò ai pesci e ai salami, coltelli, case, profili di vecchi e bambini. Guardò anche dentro l'astuccio pieno di matite colorate.

La maggior parte in effetti erano disegni di isole, ed erano tutte diverse una dall'altra, tuttavia la matrice era la stessa. Venti, trenta schizzi di scogli sotto cui c'era scritto *I. di Diano Marina*, sotto un'altra *I. di Diano Castello*, *I. di Cervo*, di Laigueglia, Spotorno, Varazze, e altri luoghi dove lui non era ancora stato, che davano il nome a una Corsica diversa.

«Quella di Diano Castello e Cervo sono quasi uguali, quella di Varazze no...».

«Quasi non è uguale...» disse il disegnatore.

Sotto quella di Diano Castello c'erano tre righe di notizie: punto di vista situato tra Castello e Varcavello, quota 128 slm circa. 29 luglio 1952, ore 19.20... Cose del genere.

«Qui è la Corsica vista dal Castello di Taggia, un mese dopo. Dimmi di nuovo se ti sembra uguale?».

L'uomo dei binari allontanò un palmo e confrontò i disegni.

«Puoi averle disegnate tu le differenze e aver insistito per gli spigoli delle montagne di un altro colore...».

L'uomo delle isole non lo lasciò andare avanti.

«Spigoli? Non posso smentirti perché qui non ho le fotografie, ma mi baso su quelle, cosa credi... e comunque quando arriverai passato Sestri Levante e Lerici te ne accorgerai a occhio nudo che gli spigoli, come li chiami tu, sono diversi».

«Per conto di chi l'aspetti l'isola? Ti ci obbliga qualcuno?».

«Chi dovrebbe obbligarmici, sentiamo, te chi ti ci obbliga a camminare lungo i binari? Lo scrittore di Sanremo? Via, fammi il piacere...».

Guardava lontano, come se di quella storia e dello scrittore di Sanremo (non diceva mai Calvino) ne sapesse di più, e tutto questo l'uomo dei binari l'aveva notato e aveva cambiato discorso.

«Mi vedevano salire, e mi tenevano d'occhio».

«Di chi parli?».

«Dei partigiani... Lo sapevano che non ero una spia, e se li informavo sul passaggio dei treni carichi di tedeschi potevano fidarsi...». Poi su Calvino ci tornò lui. «Sai, anche lo scrittore di Sanremo è stato nei partigiani...».

«Lo so bene». Disse solo questo.

«Il sospetto che ci sia lui dietro questa faccenda, la mia intendo, non mi è mica venuto dopo averlo letto, in quel tempo non entravo ancora nelle biblioteche, e lui non era ancora famoso. Non lo so davvero come stiano le cose, ma so che era partigiano e che da qualche parte quando da giovanotto giravo le colline dell'imperiese ci siamo potuti incrociare, avrà giusto qualche anno in più... Se è questo qui che ti ha inventato, chiunque sia, allora hai le sue idee partigiane, mi dicevo...».

L'uomo delle isole faticava a seguirlo e tornò a lasciar intendere che al posto di quelle cose lì avrebbe preferito buttarla sui suoi disegni.

Girarono ancora un po' per Alassio e dalle parti del Muretto si fermarono a guardare certi quadri esposti, le mani dietro. Erano le marine di Berrino e piacquero a entrambi.

Poi si diressero in salita verso la campagna, perché all'uomo delle isole era venuta fame e conosceva un buon posto di ristoro. Disse proprio così, di ristoro.

C'era un orto nella prima penombra e l'uomo delle isole parlava forte, mordendo il suo sigaro e inoltrandosi tra solchi di pomodori. Ogni tanto staccava e metteva delicatamente un cuor di bue nella sua bisaccia, ma non coi disegni, aveva tirato fuori una borsa a rete e l'andava riempiendo. Chiese all'uomo dei binari, per favore, di dargli una mano e portare anche lui qualcosa, ma lui disse che non ci pensava proprio, se lo beccavano gli facevano come minimo il foglio di via. L'uomo delle isole se la rideva e saccheggiava, e ogni tanto per vedere se l'uomo dei binari lo seguiva, lo chiamava. «Dì, foglio di via, ci sei?». Oppure: «Ma cosa fai?».

In effetti, l'uomo dei binari si muoveva guardingo tra la verdura, a schiena bassa, rispondeva a monosillabi, e meno parlavano, diceva, meglio era, abituato com'era a derubare gli orti in silenzio.

L'uomo delle isole lo tranquillizzava. «Senti, collega, te l'ho già spiegato, l'orto è di Chicù, un amico. Ti dico mica una cosa per l'altra...».

Inutile, l'uomo dei binari non ne era per nulla convinto. Sarà che lui un amico, a parte Gino, non l'aveva mai avuto. Aveva lavorato per i contadini, e tante volte purtroppo l'aveva fatto gratis. Che riconoscenza. Erano amici quelli? Aveva condiviso luoghi pubblici, stazioni e gallerie, e aveva dovuto arrendersi all'arroganza del mondo, e ora sentiva la nostalgia di un orto amico...

Oltre le coltivazioni, un sentiero divideva i nuovi cantieri, introducendo a una Alassio polverosa e provvisoria, e l'uomo dei binari procedeva normalmente, fin quando non tornò a fermarsi e a guardarsi attorno, piegato, da dietro un albero.

«Rifacciamo gli strani?».

«Facciamo niente, oltre non vado» protestò.

L'uomo delle isole disse che erano quasi a casa, abitava in cima alla stradina per Solva, e per cena si facevano fare i pomodori dalla signora Lina, poi poteva dormire in un buon letto, aveva un paio di stanze libere, e l'indomani a pranzo si facevano fare una minestra.

Era una buona proposta, disse l'uomo dei binari, e tuttavia la rifiutò.

Perché, sentiamo.

Perché là sopra non ci passava, indicò col mento la ferrovia. All'uomo delle isole venne di nuovo da ridere. «Ma c'è il passaggio a livello».

«Non mi interessa». Tanta leggerezza lo irritava. «Si inizia così e poi va a finire che ci passo di continuo».

Trovarono una soluzione, scartarono i binari per un sottopassaggio (non quello che in mattinata l'aveva portato alla spiaggia), e una volta di là poterono andare su per la stradina ripida. Ogni tanto l'uomo delle isole si voltava a guardare i binari e scuoteva la testa.

«Ognuno ha le sue manie, è inutile che ridi, tu hai quelle delle isole io i binari».

Abbandonata la stradina per una salita incisa nel costato – tant'è che a un certo punto, tra i tetti, in basso, riappariva il mare – videro i cartelli indicanti Solva e il nome di una chiesa.

L'uomo dei binari a quel punto si fermò e disse: «Non so dove abiti, ma io a dire il vero non vorrei venire a casa tua».

Si accorse di essere stato un po' sgarbato. «Sia chiaro, ti ringrazio della gentilezza, ma, credimi, è meglio di no».

L'uomo – si chiamava Carlo, forse l'aveva detto da un bel po' – si fermò e posò le borse, mise le braccia conserte e disse: «Questa è bella».

L'uomo dei binari provò a chiarire subito una cosa. Nessuno l'aveva mai invitato a mangiare i pomodori a casa sua e tanto meno gli aveva mai detto che la donna delle pulizie (come si faceva a mantenere una donna delle pulizie?) gli avrebbe dato una camicia pulita. Ebbene, disse, una volta che incontrava un essere umano del genere, lui preferiva dire di no. «Lo so bene che c'è qualcosa che non funziona, ma il fatto è che non vorrei allontanarmi, ecco».

«Dalla ferrovia?».

«Parliamo bene di lei, certo».

Carlo trovò un'altra soluzione ancora. A duecento metri dalla ferrovia c'era l'uliveto di Chicù, con la famosa baracca. Poteva dormire lì, darsi una lavata, l'acqua non mancava, e per i bisogni c'era un canneto.

«Puoi andartene quando vuoi oppure mi aspetti e domattina facciamo colazione assieme».

La baracca si trovava in mezzo a pochi ulivi polverosi, attorno erano tutti cantieri illuminati da qualche lucetta e in cielo, verso ponente, resisteva ancora un po' di chiaro. Risalita una scaletta di pietre e terra, si costeggiava un muro, l'erba alta, e restavano attaccati ai pantaloni quelli che in Liguria chiamavano i pidocchi, piccole spine rotonde che poi occorreva staccare dai vestiti una a una.

Al fondo della fascia, la baracca di legno e lamiera sembrava uno di quei rifugi costruiti in campagna dopo il terremoto del 1887.

Si sedettero. L'uomo delle isole aveva lavato i pomodori sotto un rubinetto e portato dalla baracca due piatti sbeccati, una mezza bottiglia di vermentino di Varcavello, prima però aveva acceso una vecchia torcia elettrica appesa a un ramo di ulivo.

«Sono buoni anche se non li condiamo».

Dopo aver tagliato i pomodori, si spostò tra le piante con la torcia e tornò con tre limoni e del basilico.

«Mettitene qualcuno in bisaccia, domani li spremi nell'acqua, sai che vitamina».

L'uomo dei binari ne spremette anche un po' sui pomodori. Gli agrumi rinfrescavano anche lo stomaco, disse.

Sulla questione della ferrovia non avrebbe voluto tornarci, ma mentre mangiavano, l'uomo delle isole gli aveva chiesto: «Che scena è, dì? Non poterti allontanare dai binari, non ti sembra il colmo?».

«Allora non mi stai a sentire, non li attraverso, uno, non lo farò mai, e due, non li mollo, tuttalpiù posso prendere un sottopassaggio, andare al mare, a fare qualche giornata in campagna, ma per turismo no...». Temeva di innamorarsi di qualche posto lontano dalla ferrovia, di una donna, di essere tentato da una vita diversa.

L'uomo delle isole non rise.

Su in alto, il buio calcava le rupi contro il cielo, ci tennero gli occhi per un po', senza più dirsi nulla. Giravano delle lucciole, il corridoio della luna alle loro spalle arava le acque. Per guardare meglio il mare si dovettero andare a sedere sul bordo di un muretto che divideva la stessa fascia. C'era della legna secca e tagliata da anni.

Riparlarono della Corsica, come se non ci fosse altro discorso.

«Sai, dopo Bergeggi ci sono posti che offrono un'angolatura come se la vedessi da mille metri d'altezza, sono cose inspiegabili».

«Posti? Di nuovo con la teoria dei posti... Credevo fosse solo una questione di limpidezza».

L'uomo delle isole sbuffò, cosa parlava a fare, disse, ma ripeté un concetto. L'uomo dei binari lo fermò fin da subito, se non gli sembrava maleducazione, lui, disse, avrebbe preferito andarsi a coricare. L'uomo delle isole in effetti ci rimase male, si alzò e sparecchiò.

La baracca odorava di pesticidi, sul pavimento mezzo di assi e mezzo di terra battuta, attraverso la finestrella, giungeva una magra luce. L'uomo dei binari pensò che da sdraiato avrebbe visto anche la luna. Ci giocava la questione delle angolature? Si guardò bene dal rifar venire il discorso.

L'uomo delle isole armeggiava con qualcosa, appese la torcia elettrica a un chiodo, e disse: «Poi spegnila tu».

Il locale era più piccolo di quanto non sembrasse da fuori. Dalle pareti, piene di attaccapanni, pendevano vestiti logori.

Prima di uscire l'avvisò, era mattiniero, ma non era obbligato a fare colazione con lui.

Dalla finestrella arrivava un po' di fresco silenzioso, gli insetti russavano appena, o era la luna. Prima di spegnere la pila, l'uomo dei binari si accorse che l'uomo delle isole aveva dimenticato il binocolo, uscì in fretta ma non vide più nessuno.

All'alba era già sveglio e se ne stava fuori da un po', seduto sulla legna, in un'impressione di aspettare quel Chicù, il proprietario. Invece arrivò Carlo, sono io, disse dal fondo della fascia.

Dalla borsa tirò fuori una camicia pulita e stirata, una maglia, una canottiera. L'uomo dei binari si misurò tutto e poi fecero colazione. I pomodori erano quelli rimasti, l'uomo delle isole aveva tirato fuori dalla borsa altre cose: un sacchetto di carta con due strisce di focaccia, ma anche fogli da disegno, matite, e un altro sacchetto.

Quando si alzarono e l'uomo dei binari si mise a tracolla la borsa, gettando, a malincuore, un po' di indumenti nel mucchietto di spazzatura, l'uomo delle isole gli porse anche il secondo sacchetto. «Provateli, sono comodi».

Un paio di sandali di cuoio. Dopo esserseli provati, l'uomo dei binari se li lasciò e infilò gli scarponcini nella bisaccia, che gonfia così non era mai stata.

«Hai dimenticato il binocolo, ieri».

L'uomo delle isole si aggirò un po' a guardare dove avevano consumato la cena e la colazione. «Dove l'ho dimenticato?».

«Dentro, sul tavolo». Entrò a prenderglielo e l'uomo delle isole ringraziò, e alzò le spalle. «Tanto non mi serve oggi, all'alba non c'era e quand'è così non c'è neanche al tramonto».

«Facile... Ma non dicevi che da Alassio si vede sempre?».

«Dicevo sovente...».

L'uomo dei binari non commentò, muoveva i piedi nei sandali, se li guardava. Erano belli comodi.

«Ieri ti ho parlato dei miei animali».

L'uomo dei binari prese dalle mani dell'uomo delle isole una dozzina di fogli spiegazzati. C'erano, anche nello stesso foglio, disegni di topolini, e gufi, cornacchie, tartarughe, lucertole, mosche e serpenti, una balena, un cane, ed erano quasi tutti a matita, qualcuno colorato, o in parte colorato, un paio giusto degli schizzi, non si capiva neanche che animali erano, ma erano animali. L'uomo dei binari ne fissò più a lungo alcuni, confrontandoli tra loro come fossero isole.

«Cosa scegli? Te ne regalo uno».

«Le lucertole». Le cercò nel numero, erano due, di cui una era solo la testolina di una lucertola.

«Non è una lucertola qualsiasi, è la lucertola ocellata, si vede di rado, è grossa, una bestia così e ha il dorso blu come il mare». Tutti questi dettagli l'uomo delle isole li dovette precisare bene perché le lucertole erano a matita, e non si capiva quanto fossero grandi e diverse da una lucertola normale.

«Possibile che tu non l'abbia mai vista lungo le ferrovie, nei crepacci?».

«Avessi visto una lucertola con la testa blu la ricorderei...».

«Non la testa, la schiena».

«E tu l'hai vista?».

«No, ma me ne ha parlato un amico...». Respirò come se volesse raccontargli una storia lunga, e guardò il mare oltre la baracca. Ma poi aggiunse giusto poche parole. «Quest'amico da bambino incontrò un grand'uomo che prima di togliersi la vita aveva avuto una mania, come te i binari e io le isole e i carrubi, e la sua era la lucertola ocellata».

L'uomo dei binari lo lasciò parlare, elencò le sue bestie, ne trovava sempre bestie morte stecchite sui binari, tassi secchi da giorni, volpi, anche un cinghialotto, d'estate la notte si addormentavano sul ferro fresco dei binari e il treno ne sorprendeva la vita, alcune erano già marce quando le trovava, le sentiva da lontano, il pellame svuotato, che si staccava, morso da altri animali, e ormai pieno di vermi, o restavano solo le ossa.

In fondo alle fasce di ulivi, camminarono in discesa, non per la strada del giorno prima. Andava avanti Carlo, che conosceva le scorciatoie, per scalinate con vasi di fiori, e incontrando ogni tanto i bagnanti dovevano fermarsi e scansarsi perché certuni avevano con sé i materassini gonfiabili e canotti, remi.

Giunti a una strettoia in pianello, Carlo, o l'uomo delle isole, si voltò da un momento all'altro e gli porse il binocolo e un paio di banconote. Non dovette insistere molto. Alla fine l'uomo dei binari si mise in tasca i soldi, aprì la custodia, guardò bene quell'oggetto che ora era suo, e lo infilò delicatamente nella bisaccia.

Davanti alle rotaie si separarono senza dirsi quasi più nulla, l'uomo delle isole imboccò il sottopassaggio e l'uomo dei binari seguì con lo sguardo quel passo appena ciondolante, un po' simile al suo, abituato alla ghiaia di grana grossa.

Camminava tra le cartacce e le bottiglie rotte, fin quando non si sedette su un bauletto di cemento dell'energia elettrica e al posto dei sandali – non erano l'ideale lungo i binari –, calzò gli scarponcini.

Pensava a quante volte aveva visto lucertole scappare in equilibrio sui binari, ma mai un rettile del genere, con la gola aperta e la schiena blu.

Si chinò sul binario per sentirne il bollore e ricordare la prima volta, a Sanremo. Allora era freddo. Poi fece una cosa che non faceva mai, salì sul binario e si tenne in equilibrio, la mano sulla fronte a ripararsi dal sole, e da su, dal leggero dislivello, guardò le strade, verso il mare, in un'impressione di scoprire il passo ciondolante di Carlo.

Quando ebbe fame, oltre Alassio, ben dopo che la ferrovia era tornata a farsi incassare da mura e reticolati, agavi, si fermò e tirò fuori i pomodori. Erano molli e li mangiò con l'ultima striscia di focaccia. All'interno della bisaccia le dita, sorprese, riconobbero la forma cilindrica della custodia del binocolo.

La sera lo colse prima di Albenga, cercò un posto tranquillo. Non era un gran posto ma pensò lo stesso che ci sarebbe rimasto qualche giorno, o di più, magari un mese, non conosceva mai la durata delle sue soste. Per questo, in tanti anni, la tabella di marcia aveva fatto molto meno progressi del dovuto, e un po' questi ritardi e queste soste se li rimproverava.

Prima di perdere la visibilità rimise di nuovo le mani nella bisaccia. Allungò il binocolo come gli aveva insegnato l'uomo delle isole, e lo mosse nel reticolato di stradine che morivano sul litorale e nell'interno, dove scintillavano le serre di vetro. Aspettò che la sera invadesse definitivamente gli intonaci e i fari delle macchine si incrociassero. Per le lucciole era presto.

Albenga era una distesa, la più grande pianura mai trovata sul cammino, dava un'idea di vita facile. Poi, al fondo, iniziavano altre montagne e nel biancore risaltavano i magri tronchi dei pini.

A parte le cose evidenti, i sandali, il binocolo, i disegni della lucertola e un altro paio di fogli spiegazzati di isole fluttuanti, era come se giunta la sera, l'uomo delle isole non avesse lasciato altre tracce di sè. Solo l'isolotto, là davanti, dai contorni vaghi, e la mente ne tracciava la testa e il collo da serpente, la gobba da cammello, come l'aveva visto di giorno e il giorno prima. Era stata l'isola di Alassio e ora era l'isola di Albenga, e anche oggi se ne stava nell'acqua, pronta a entrare nel passato.

ITALO E CARLO

L'uomo sceso dal treno con il leggero bagaglio è Italo Calvino. Ad attenderlo c'è Carlo, il disegnatore delle isole. Italo lo chiama per cognome, si salutano affettuosamente, non si incontrano spesso, e quando succede, Italo preferisce giungere con l'automobile, ma stavolta era a Sanremo e andava a Torino, o forse è viceversa, da Torino il treno lo portava a Sanremo, e Alassio gli è parsa una tappa piacevole.

Escono dalla stazione, non ci sono vetture in attesa così per salire alla villa, dopo l'Aurelia li attende il zig-zag della mulattiera per Solva. Calvino le conosce bene le tecniche per dimezzare le salite ma non quelle per ridurre la fatica, e anche Carlo, ormai, frequenta da anni la Liguria. È un pittore affermato e ha fatto qualche ritratto a Calvino, ma di solito parlano di libri perché Carlo è Carlo Levi ed è un autore Einaudi, la casa editrice per cui lavora Calvino.

Prendono respiro davanti al mare. È pomeriggio e oggi potrebbe apparire la Corsica, settembre, c'è un'aria lucida. All'alba c'era, dice Carlo Levi. Un'impressione di Corsica, con le condizioni meteorologiche invariate, è già più che una promessa. Ma al tramonto Italo Calvino sarà di nuovo sul suo treno.

Il mare inizia poco più in basso, oltre la discesa di pini e tetti e risale come spinto da un'onda contraria e nascosta.

Gli occhi di Calvino questi effetti e questi mondi in discesa, col contraltare liquido a risalire all'orizzonte, li hanno incontrati spesso. Anche gli ostacoli: coprono la distesa di diamanti tre o quattro giganteschi pini, la cui vegetazione in prosa potrebbe equivalere a una serie di incisi, si sposta in un inciso il volume della fronda di modo che l'occhio possa includere ciò che segue, distante.

La ferrovia non si vede, non è né oltre l'inciso e né a ponente o levante. Ma sarà di lei che parleranno oggi. Perché oggi Carlo Levi gli racconta cosa gli è successo qualche settimana prima, alla spiaggia.

«L'ho conosciuto. È passato di qui, gli ho anche fatto qualche foto».

«Di chi parli?».

«Tanto tempo fa, mi hai raccontato, eri un ragazzino e hai incontrato Benjamin e lui ti ha detto che era alla ricerca del lucertolone, ho iniziato a disegnarlo anch'io perché me ne avevi fatto una testa così... E a Benjamin avevi raccontato la storia del bambino ferroviario...». Calvino ricorda bene di avergli raccontato quelle cose di prima della guerra, cose dei tempi ancora prima dell'Unpa. È interessato al seguito, è come se, senza saperlo, fosse venuto apposta.

«Non è più un bambino, Calvino, ma è così, come ne parlavi tu a Benjamin. Ha iniziato a inseguire binari da bambino».

Italo Calvino sposterebbe volentieri gli incisi della vegetazione per vedere solo il mare e non dice nulla.

«Si esercitava nel nuoto, Calvino, eravamo dal Torrione».

Italo Calvino prova a sorridere ma non ci riesce. «Ce l'aveva scritto sulla fronte che era lui?».

Carlo Levi gli spiega come sono andate le cose.

«Sai, lui lo sa che c'è uno – sa che ci sei tu –, che voleva scrivere la sua storia. L'ha letto, un tuo amico d'infanzia ne ha parlato in qualche articolo... Legge, si ferma nelle biblioteche per togliersi il freddo... Poi riparte».

«E che direzione ha preso?».

«Levante, sempre a levante, a questo punto sarà poco dopo Albenga, non va veloce, si ferma volentieri lungo le scarpate, se non piove, prende il sole sulle pietre e d'estate nuota... Lavora dove può e dove gli pare si ferma dei mesi, anche un anno... Ora cercherà la lucertola. Mi ha sempre affascinato da quando me ne hai parlato, si vede che anche lui, quando gli ho chiesto di scegliere tra i disegni, non ha avuto dubbi, ha scelto i due disegni della lucertola...».

«Così è un'istigazione letteraria». Ora ci ridono.

Poi Calvino torna serio. «Hai parlato di foto».

«Almeno tre».

«Che c'è?».

«C'è che non ne è venuta nemmeno una, vuote... Lui non esiste, è solo un personaggio letterario inventato da te e siccome è così annulla ogni sua immagine e sfondo».

«Piantala... È inutile che vai in giro con un macchinone fotografico del genere se non sai usarlo».

Ci sono due bambine nel parco, una dev'essere la figlia dell'uomo che cura le siepi attorno alla casa, giocano con poche cose e non si curano dei due signori che guardano il mare e le colline, e ridono. Non c'è nulla di strano in quel pomeriggio nel parco. Giunge ogni tanto fin lassù il frastuono di un treno, non interrompe i loro discorsi e le loro risate, ma i discorsi si interrompono spesso senza motivo. Italo è un uomo silenzioso, e oggi si è concesso fin troppo a una verbosità ferroviaria. Non gli viene più da ridere, sa però che deve fare i conti con questa sua storia parallela che lo cerca, e allora prova a ridere.

E ora che Carlo Levi gli dice di aver conosciuto quest'uomo e che quest'uomo cammina là, davanti a loro, Italo Calvino ne sente da lontano il passo ferroviario. Scriverà ancora tante storie, eppure la storia del bambino e del suo sogno, della sua ossessione da grande, diventata immensa, non potrà raccontarla. Ci vorrebbe una riga lunga, appena appena curvante, ogni tanto, secondo le varianti liguri, con le sue stazioni, i suoi scali merci... L'impossibile Liguria orizzontale. Una questione arrogante.

«Sai Carlo, ho passato anni, la vita, ogni giorno, a scrivere agli scrittori, il più delle volte a persone sconosciute, a dire loro ho letto il suo manoscritto, ho letto, il suo manoscritto, migliaia di lettere, ed è stato come se ogni volta mi fossi negato a lui, al desiderio di scrivere a lui chi sono io, dirgli chi è, ti conosco. E farmi dire com'è la vita vista da una traversina che diventa precedente alla futura che diventa presente, e il presente come gesto e spazio del passo sospeso. Non lo so se è questo. Provo a immaginare, ma lui sì, lo sa. Faccio anche io un passo da una parola all'altra?».

Non possono ridere subito, ma poi lo fanno, e le bambine si voltano a guardarli.

DOPO ALBENGA

L'estate durava poco, con l'inverno venivano giorni sfavillanti e ancora piuttosto caldi, sebbene volassero. A volte se ne stava disteso per delle ore, nascosto nelle pietraie cotte, a puntare il binocolo tra ogni ruga. La lucertola ocellata non si presentava, dubitava persino della sua esistenza, non fosse per quel paio di disegni e le informazioni raccolte nella biblioteca di Spotorno, secondo le quali quella tipologia di sauri viveva volentieri in Liguria, soprattutto dalle parti di Pompeiana, e si nutriva di insetti e frutta matura.

Lungo la ferrovia apriva il foglio per confrontare la testa disegnata con quella delle comuni lucertole. Se faceva vento ci metteva il grosso bullone arrugginito. Non se n'era mai più separato. Non si separava da nulla. Oppure la sera confrontava la testa disegnata con lo sguardo e la bocca severi dei gechi. Li cercava sulle croste degli intonaci, sui binari, nei pochi metri quadri del terreno prativo.

La madre una volta l'aveva avvertito, erano animali velenosi. Le ubbidiva ancora oggi, pur ritenendola un'inesattezza, la sua. Erano animaletti miti come lo può essere un camminatore ferroviario.

Stava lì, puntando ogni tanto il binocolo più lontano, alla ricerca dei lavoratori nelle campagne. I falciatori, col loro tic, un continuo movimento di bracciate aperte, e la falce che abbatteva l'erba a ondate. Negli orti popolati di giorno da uomini e bambini e donne curve, c'era chi spuntava appena dalle capanne di cuor di bue, chi innaffiava, chi raccoglieva, chi indossava strani zaini di metallo e spargeva nell'aria attorno agli alberi da frutta sputacchi azzurri. Poi la notte passava lui. Era ormai uno specialista, riusciva a indovinare da lontano arance e cachi, la sua frutta invernale preferita. Abbassava i rami e spogliava la pianta, lasciando un solo frutto perché quel Carlo gli aveva spiegato che un frutto serve alla pianta per nutrirsi, lentamente, durante il resto della stagione. Era un bel gesto, e lui pensava di essere diventato un uomo di buoni gesti.

Così, prima o poi si era fermato a Capo Lena e su una pietra aveva disegnato la Gallinara vista molto da levante. Come per esercitarsi, aveva fissato altrove le architetture della Corsica, con le sue coste rotte, accorgendosi che in fondo, sì, osservata nel binocolo era sempre la stessa isola, ma poi fissata sulla carta non lo era più perché non riusciva a disegnarla uguale alle altre. E a volte aveva nostalgia di quel Carlo delle isole.

Gli piaceva l'attimo in cui gli occhi scoprivano per la prima volta l'ostacolo tra la ferrovia e l'orizzonte, tra la ferrovia e, verso levante, Capo Noli, pronta a staccarsi dal mondo, da un momento all'altro, e a perdersi chiazzando per un po' l'acqua di lembi, ritagli e scie colore della terra.

Poi venne il giorno in cui capitò davanti a un'isola mai vista, a una vera e propria isola, e anche da quelle parti decise di fermarsi a lungo, in un'impressione di attendere qualcuno.

Quello di Spotorno, la cittadina prima dell'isola e di Torre del Mare, sarebbe stato senz'altro il suo soggiorno più lungo in un posto. Quasi un anno.

Dopo la stazione i binari si ficcavano in una galleria all'apparenza minore, un'entrata più grigia e deserta del solito, anche più bassa, sembrava quasi impossibile ci passasse un treno. C'era entrato perché pioveva, e non aveva proseguito all'interno. Una volta smesso il brutto tempo era tornato in stazione e poi attraverso il sottopassaggio e i vicoli era quasi finito in mare.

Si sentiva un po' in ferie, quel giorno, senza motivo, forse solo perché era il periodo giusto: di giorno il sole faceva in tempo ad asciugare la ghiaia e l'umidità dei vicoli e a lui piacevano le sere lunghe di Spotorno.

A Torre del Mare, tra Spotorno e Bergeggi, mentre girava per le pinete, conobbe un signore milanese, benestante di suo e traduttore. Non aveva mai conosciuto un traduttore e s'era messo a fargli un sacco di domande sulla sua attività. Per esempio, che senso aveva perdere le giornate a manipolare cose altrui, da una lingua a un'altra, a scapito della vita. Il traduttore l'aveva messa sul ridere e gli aveva detto che era come per lui camminare lungo i binari, nessuno gliel'aveva mica prescritto, doveva essere una specie di progetto. Cercare un pallone probabilmente era diventata una buona scusa.

No, non era così, disse l'uomo dei binari.

Quante balle, disse il traduttore. Era così.

C'era rimasto male, per lui ci giocava dell'altro, l'aspetto finzionale dello scrittore di Sanremo, e il fatto che, come si poteva manomettere un significato e un'idea altrui e tradurla, così si poteva manomettere il destino altrui... Il traduttore milanese – doveva conoscere bene l'opera del Calvino –, si era fatto una risatina. Ma va là.

Era tornato dagli scaffali della fornitissima libreria (prendevano il tè a casa sua, in sala, davanti al mare) con un libro di Calvino, l'ultimo, *Palomar*, e ne aveva letto qualche riga.

Lettura di un'onda.

Il mare è appena increspato e piccole onde battono sulla riva sabbiosa. Il signor Palomar è in piedi sulla riva e guarda un'onda. Non che egli sia assorto nella contemplazione delle onde. Non è assorto, perché sa bene quello che fa: vuole guardare un'onda e la guarda.

L'uomo dei binari ci rimase di nuovo male. Se l'era perso, com'era possibile, ad Albenga non aveva trovato nessuna novità di Calvino, e nemmeno a Finale. Il traduttore milanese l'aveva già letto e glielo regalò. Preparò un po' di pasta col sugo e alla fine gli propose un rifugio, c'era uno scantinato asciutto e pulito, una branda, con un bagno, persino una stufetta elettrica. L'uomo dei binari accettò, anche se avrebbe preferito tornare dalle parti della ferrovia perché non gli piaceva mollare la presa.

Ma va là, la presa dei binari? Quante balle, disse il traduttore.

Il mattino presto, dopo la colazione, l'uomo dei binari manifestò seriamente l'intenzione di andarsene. Il traduttore lo volle accompagnare in macchina, salirono in garage, che era sul solettone della villetta e dava sulla strada, ma l'uomo dei binari, a costo di rifargli dire quante balle, disse che non poteva accettare, andava a piedi, non era mai salito su una macchina, su una corriera sì, da bambino, con sua madre, e indicò a ponente, come faceva ogni volta che parlava del suo passato.

Dai bordi del solettone si apriva un po' di mare tra le fronde, l'odore pulito di pino era aspro e forte. Spotorno si allungava appena in lontananza, e davanti a Torre del Mare galleggiava al sole l'isola di Bergeggi.

Gli chiese se c'era mai stato e il traduttore disse di sì, da ragazzo, c'era andato un paio di volte in barca, con gli amici. Fece un gesto come a indicare anche lui il suo passato. Veniva a Torre del Mare ogni anno, in fondo ci veniva per il mare però a fare il bagno non ci andava più, preferiva leggere le onde attraverso l'esercizio di Palomar e di altri. Lo disse con un tono come se in quell'istante stesse scrivendo qualcosa e l'uomo dei binari fece un rumore con il naso.

Sotto la villetta la proprietà scendeva qualche fascia. L'uomo dei binari si sporse e il traduttore gli fece notare tutti i lavori da fare, se se la cavava coi muri, di lavoro ce n'era. Lui disse di no, i muri non li sapeva fare, ma lavori di forza (disse proprio così), tipo spostare le pietre e scavare una soglia sì. Bene, disse il traduttore, pietre da recuperare sotto la frana ce n'erano per così, se le sue camminate ferroviarie potevano aspettare e aveva voglia di lavorare. C'era anche da rastrellare il tappeto di foglie e di aghi di pino e portare tutto nei cassonetti.

L'uomo dei binari accettò e iniziò fin da subito. Faticava volentieri nella terra, specie se non gli toccavano serre impestate di pesticidi. Il traduttore lo trattò bene, ogni paio d'ore lo chiamava per bere un bicchiere di vino, una bibita, e se ne stavano un po' in terrazza a guardare il vuoto azzurro tra le fronde e poi era lui a dover dire: ben, io torno alle pietre, altrimenti qui ci mangiamo tutto. Oppure: in campagna chi guarda il mare poi si volta e i lavori sono ancora da fare – per averlo sentito dai contadini.

La sera il lavoro era praticamente finito, l'uomo dei binari venne pagato degnamente e si fermò a cena, ma mangiò molto meno che a pranzo, giusto un po' di minestra e un pezzetto di formaggio gruviera, con un bicchiere di lambrusco, il suo vino preferito.

Dopo cena si misero la giacca e restarono a lungo in terrazza a ragionare sul fatto che il pomeriggio s'erano dimenticati di guardare l'onda, la singola onda di Palomar.

L'uomo dei binari finì per dormire nello scantinato anche quella notte, il traduttore gli aveva già spiegato come accendere e spegnere la stufetta elettrica, ma non serviva, queste cose elettriche, disse l'uomo dei binari, lo intimorivano e poi l'altra notte aveva fatto anche troppo caldo.

Posò *Palomar* accanto al letto, si andò a lavare a lungo i denti – riusciva a farlo di rado –, e una volta a letto iniziò il racconto del seno nudo, ma non lo finì e si alzò a spegnere la luce perché gli era venuto quasi subito sonno.

Dopo un po' sentì bussare.

«Avanti» disse. La porta non era chiusa a chiave, e, del resto, una porta a ben pensarci non l'aveva mai chiusa a chiave in vita sua.

Il traduttore accese la luce, aveva in mano un paio di occhiali.

«Ci vedi bene? Sono da lettura».

L'uomo dei binari provò gli occhiali su qualche riga del seno nudo di *Palomar*. Un miracolo, man mano che andava avanti sentiva una crescente nostalgia dei tempi giovani in cui leggeva nelle biblioteche di Diano e San Bartolomeo.

«Allora, come vanno?».

«Mi fanno venire la nostalgia» disse.

«Allora non va bene... Ti spengo la luce?».

«No, leggo ancora un po'... Andiamo un po' a vedere cosa combina Palomar».

LE STAZIONI DI CALVINO

Se c'era una cosa in tutti quegli anni che aveva perso, strada facendo, era il senso del tempo, e in qualche modo i libri di Calvino avevano rimediato. Uno dopo l'altro fornivano un po' di ordine cronologico alla sua esistenza ferroviaria. Non poteva ricordare l'uscita di un vecchio romanzo come *Il sentiero dei nidi di ragno*, si parlava della sua preistoria, essendo uscito nel 1947, quando Italo aveva ventiquattro anni e lui non frequentava ancora le biblioteche. Ma un giorno, a Diano o a San Bartolomeo, aveva scoperto quei luoghi speciali e pieni di librerie e per caso gli occhi erano caduti su *La formica argentina* e poi sui racconti di *Ultimo viene il corvo*. Meraviglia, aveva sospirato a lungo, riletto e riconosciuto paesaggi, facce, tic e dialoghi sentiti dai partigiani. In seguito aveva trovato quel famoso articolo di Duilio Cossu, e allora fu come se le parole della sua storia, l'avventura e qualcosa di suo, eppure sconosciuto, si fossero fatti infilzare dalla fiocina della letteratura, dal miracolo della letteratura.

Calvino scriveva un libro all'anno, passando con facilità dal romanzo al saggio, dirigeva collane, e lui aspettava i suoi libri come si aspetta il treno ogni volta in una stazione nuova. Lo chiedeva ai bibliotecari; per esempio, era ad Alassio e questi gli dicevano non ancora, usciranno le *Fiabe italiane* fra tre mesi, e lui ci contava, e trovava le *Fiabe* a Loano o a Pietra. E così via.

Così erano passati gli anni e i libri e la sua vita si può dire avessero conosciuto una sola frontiera, un vero e proprio spartiacque.

Era successo dalle parti di *Palomar*, precisamente lì, a Torre del Mare, il giorno in cui aveva ricevuto in regalo gli occhiali da lettura. Per lui avevano significato l'ingresso nella raggiunta anzianità. Non una decadenza. O forse l'inizio, piuttosto, di una decadenza, qualcosa di intuibile attraverso la coscienza di non poter vedere più il mondo come l'aveva visto prima.

Aveva ripreso a piovere, la sera trovava rifugio sotto un portico, tra i pancali di un cantiere e per i suoi giri in città s'era comprato un ombrello. Mosso dall'indigenza un giorno rifece l'intero lungomare, poi tagliò su verso le pinete e si ripresentò a casa del traduttore. Temeva fosse tornato a Milano, dove viveva durante l'inverno, invece era ancora a Torre del Mare a terminare la traduzione del *Romancero gitano*. Andava via alla fine del mese, disse, e nel frattempo l'avrebbe ospitato, se voleva, gli avrebbe offerto volentieri un piatto di minestra e cosa passava il convento.

L'ultimo paio di giorni il tempo si rimise e il traduttore gli propose un altro lavoretto nel giardino della cugina.

Non iniziava di buon mattino, prima andava a camminare lungo la spiaggia e stava lì qualche ora, a guardare l'onda di Palomar, in un'impressione di aspettare la primavera. Poi col traduttore pranzavano in trattoria e il pomeriggio lui risaliva a piedi il costone delle pinete, scendeva nel giardino, si armava di picco e si sputava sui palmi delle mani come ricordava d'averlo visto fare ai contadini nelle fasce sopra Sanremo. Scavava soglie per nuovi muri, ammucchiava le pietre, le divideva, piccole da grandi, belle da brutte da usare per il drenaggio. Le solite cose: portava sacchi di cemento e sabbione nei secchi che il camioncino scaricava all'entrata del solettone. Insomma preparava ogni cosa per quando il muratore sarebbe venuto a rialzare il muro. Ogni tanto svegliava dal letargo un geco, sorpreso tra le pietre, all'asciutto, lo guardava da vicino – mezzo rimbambito e freddoloso l'animaletto sbadigliava – e lo salvava.

Ci pensava ancora alla lucertola ocellata, ma meno. Lavorava fino a una certa ora, di solito fin quando il mare si ingrigiva più del cielo e il traduttore non usciva in terrazza a dirgli che per oggi bastava, usciva l'umidità, mica aveva ucciso qualcuno. Allora l'uomo dei binari alzava la schiena, guardava il lavoro fatto e si sentiva soddisfatto.

Fu durante quelle sere – gliene parlava sempre il traduttore a cena – che scoprì le opere di Camillo Sbarbaro. Da uno dei libri presi in prestito in casa copiò la poesia al padre, e prima di addormentarsi la leggeva – gli occhiali miracolosi sul naso –, la sapeva a memoria.

Padre, se anche tu non fossi il mio
Padre, se anche fossi a me un estraneo,
per te stesso, egualmente t'amerei.

Un padre lui non l'aveva quasi mai avuto, poteva ricordare solo una madre, e accettava tutto, tutto, tranne una cosa di cui non si era mai capacitato: il bambino che giocava a pallone nei carruggi non aveva conosciuto nemmeno i nonni. Com'era possibile che la madre non gliene avesse mai parlato? Non si soffriva una cosa di quella portata come una specie di amputazione? Non sapere dov'erano stati tutti quei nonni durante la loro vita, se avevano vissuto a Sanremo o in un'altra città... E lo scrittore che aveva inventato le parole della sua vita, anche lui, come s'era potuto dimenticare una cosa del genere?

E in tutto quel tempo, in tutti quegli anni di spostamenti verso levante, di soste e notti invernali, di una luce feroce e incandescente d'estate che gli copriva la pelle di bolle, il suo scrittore non aveva smesso mai di scrivere e lui di leggerlo. Gli piaceva molto, ora. Alle sue pagine hai fatto il callo, si diceva, anche se a volte 'sto Calvino finiva per mettere nei suoi libri troppe aspettative e certi libri avevano letteralmente finito per deluderlo un po'. *Il barone rampante*, tanto tempo prima, invece non lo aveva deluso per nulla, gli era parso meraviglioso, una sua specie di alter ego aereo. Lo era? Un essere vivente trascorreva il resto del suo tempo sulle piante come lui aveva deciso di vivere lungo i binari. Il mondo visto da una quota, non importa quale, in solitudine? Tu soffri di vertigini, è per questo che ti ha fatto tenere i piedi per terra... Era un solitario anche il suo scrittore? Ma cosa li scriveva a fare certi libri come *Collezione di sabbia*, via, uno come lui, pieno di fantasia dimostrata, che poteva scrivere chissà quali altre avventure di formiche e di cavalieri inesistenti... Ogni anno aspettava l'uscita del libro nuovo, in biblioteca gli dicevano ci siamo, manca poco, e al momento buono, un giorno passava in libreria e scopriva il libro nuovo, ne leggeva subito qualche pagina, in piedi, e non vedeva l'ora di trovarlo in biblioteca. Allora si sedeva comodo al tavolone, tirava fuori dal taschino gli occhiali e sospirava.

Non si può dire che Italo torni spesso a Sanremo. Un uomo abituato come lui a classificare ogni elemento, oltre che alla letteratura estende lo stesso rigore anche alla vita? Sicuramente si starà chiedendo cosa ne sarà di Villa Meridiana e della mole di documenti, saggi, monografie, libri, annotazioni che i genitori hanno messo assieme tra i soggiorni in Messico, a Cuba e Sanremo. Un'idea deve averla, ma col fratello Floriano e con la madre, alla morte del padre hanno affrontato l'argomento?

A volte, tornando, trova la madre tra gli iris, i suoi fiori preferiti. Lui è ormai uno scrittore importante ma davanti a lei, in qualche modo, c'è ancora il bambino, un Italo che leggeva e prediligeva il cinema e il mare alla campagna e alla botanica.

La storia del bambino e poi dell'uomo lungo i binari ha inseguito lo scrittore e popolato di binari alcuni suoi racconti, ma una cosa che mai più si sarebbe atteso è che un giorno o l'altro gliene avrebbe parlato pure la madre.

«Il mese scorso è passata di qui una signora, come per caso, ma poi ha ammesso di essere venuta apposta. Voleva parlare con te... non per darti cose da leggere» si affretta a dire. «Voleva parlare di suo figlio che se n'è andato via da casa da tanti anni...».

Italo rialza il sopracciglio, cerca il mare, qualcosa lo turba, gli è capitato quando tanto tempo prima l'amico Duilio, e Carlo Levi poi, gli hanno rivelato le stesse cose. Ma ora è sua madre a parlargli e vorrebbe alzare un muro.

«Non preoccuparti. Perché mai dovresti preoccuparti? Voleva solo raccontarmi come stavano le cose per lei, da quando suo figlio se n'è andato via, bambino, per lei non c'è stata più vita. Mi ha detto che secondo i carabinieri, che hanno parlato con un suo amichetto, ha inseguito i binari, ma per lei no, se n'è semplicemente andato, chissà dove, tanti anni fa, prima della guerra... Un bambino se ne va così?».

«Era un bambino normale? Avrebbe la mia età...».

«Più o meno, sì, era bambino, prima della guerra... E ora è un uomo di mezza età... E chissà dove, magari si è fermato... Ma non è mai più tornato, questo no». Allarga appena le braccia.

«Sai perché è venuta da te, perché da ragazzino ne avevo parlato a Walter Benjamin, ricordi che l'avevo incontrato, non ti ho mai detto nulla della favola del bambino che va a cercare la fine dei binari, ma di Benjamin sì... Poi ne avevo parlato a Duilio, e mai più avrei pensato diventasse un'ossessione per un bambino, che per conto suo... La madre è dunque venuta da te perché gira questa voce... Ma è come se una donna va da una donna e le dice sa, mio figlio è il figlio di suo figlio... È così?».

«Ma cosa dici? Non lo è... Se lo sapevo non ti dicevo nulla. In realtà non sta cercando te o di dirlo a te, voleva solo conoscere me...».

«La madre del bambino che ha inventato il destino di suo figlio... Spera ancora di trovarlo?».

La madre fa di no con la testa.

STAZIONE DI ARENZANO

Prima di Arenzano la ferrovia guadagnava una serie di gallerie, e stavolta non era possibile scartarle perché le falesie forate dalle gallerie risalivano verticalmente e ridiscendevano poi dall'altra parte a picco sulla scogliera e il mare. Le anse di sabbia e ghiaia, con qualche gozzo sulla spiaggia, si alternavano agli scogli, e d'estate – arrivò da quelle parti col primo caldo – i bagnanti vi piazzavano sdraio e ombrelloni.

Lui ci dormì la prima notte, attese che se ne andassero tutti, fece l'ultimo bagno con la luna, poi si asciugò e si andò a riparare sotto uno dei gozzi.

Non era la prima volta che dormiva là sotto, il litorale ne era pieno, barchette di pescatori e appassionati di mare, girate a pancia in giù, alcune poste su quattro ceppi, che ci si poteva scivolare sotto senza neppure doverle alzare. Stava lì, fin quando il primo chiaro non penetrava nel sonno assieme al verso dei gabbiani, e portava un buon odore di alga. Restava ancora un po' rannicchiato, a pensare a quel furbone di un Palomar, là fuori, intento a calcolare gli intervalli tra un'onda e l'altra.

Il primo mattino – l'idea era di fermarcisi qualche giorno –, quando uscì era nuvolo e non c'era ancora nessuno. Meglio. Alzò gli occhi alla falesia incisa obliquamente da una scala di pietra. Ci sarebbe voluto salire, arrivare lassù in cima e vedere la baia e cosa si nascondeva al mare, ma prima andò a pisciare in un angolo, si sgranchì la schiena e nel frattempo aveva scartato l'idea della panoramica. Una volta ci avrebbe messo meno che a dirlo, ma ora lo sapeva bene che salite e scale, e il caldo, lo stancavano subito. Si svestì, entrò in un'acqua trasparente, gli rivenne voglia di orinare e stavolta lo fece in mare. Se rimaneva sempre ancora un po' a bagno era per rimandare la fatica di uscire, detestava affrontare a piedi nudi la spiaggia di ciottoli. Erano piedi sofferenti e l'acqua di mare riusciva a medicarli, ma non poteva far nulla contro le abrasioni e i talloni infiammati. Erano le caviglie di un vecchio calciatore.

Arenzano iniziava oltre l'imboccatura della galleria a levante, una stradina portava nella cittadina e un'altra, comoda, scendeva dall'altopiano e dalla pineta. Quando guardò di nuovo lassù si pentì di non essere salito a prendersi una vista della città e della baia, ma se si fermava qualche giorno – sentiva il bisogno di far riposare le ossa, far qualche bagno – prima o poi poteva concedersi una buona perlustrazione all'altopiano attraverso l'accesso comodo.

In realtà non sapeva mai se una volta giunto in un posto ci si sarebbe stabilito per un po', come non sapeva il motivo per cui gli piacevano certi posti piuttosto di altri. Arenzano, tuttavia, lo scelse perché poco lontano dalla stazione trovò un parco con le panchine, i sentieri e le aiuole abitate da qualche coniglio e da un pavone tutto blu. Gli piacque tutto quanto fin da subito e quel giorno non la smise di ridere.

Fino a una cert'ora era un parco frequentato da madri e ragazzini in bici che facevano schizzare la ghiaia, ma il pavone non si faceva intimorire.

Ogni volta, dopo un po' che passava un treno (solo i locali, gli intercity non si fermavano), apparivano all'ingresso del parco i passeggeri. In genere sceglievano Arenzano per gli stabilimenti balneari, avevano con sé lo zaino o la valigia e sostavano a riposare. Si sedevano sulle panchine accanto al cancello, a guardare il mare al fondo della discesa, e dopo un po' arrivava il pavone. Quando lasciavano Arenzano, prima di riprendere il treno, si risedevano sulle panchine, in un'impressione di addio alle vacanze e dopo un po' arrivava il pavone.

Un giorno fu il turno di una signora molto bella, lo zaino in spalla, e il pavone si avvicinò. L'uomo dei binari, disteso su una delle panchine al fresco, se la dormicchiava. La signora tirò fuori una stagnola e, al sentire il rumore dei morsi all'anguria, l'uomo dei binari aprì gli occhi.

«Mi spiace averla svegliata» disse la signora. Seppe come farsi perdonare e gliene porse un pezzo.

«Gliela devo anche portare?». Aveva denti bianchissimi e polpacci rotondi, massacrati dalle zanzare, ma molto belli e abbronzati.

Lui si alzò in fretta e tornò alla sua panchina con la fetta d'anguria, ne staccò subito un buon morso, disse che era buona e gli sarebbe piaciuto ripagare.

Lei fece come se non avesse sentito, diede un pezzetto di anguria anche al pavone, che lo beccò altrettanto avidamente.

«Sta andando al mare?».

«Se trovo posto».

«L'acqua è pulita e calda, ho fatto il bagno stamane... Sa, sono qui da quasi un mese e la mattina scendo giù, faccio il bagno nella spiaggia libera e poi cammino fino alla ferrovia o risalgo alla pineta...». E mosse la mano verso ponente, come faceva per indicare il passato. Lei non disse nulla, e lui, prima di risdraiarsi al fresco, aggiunse: «Quando il caldo perseguita torno qui».

«D'altro fai qualcosa?».

Lo disse da allungato. «Ho pulito degli orti, ma prima del caldo, quando si poteva bruciare, ora mi hanno detto di ripassare in autunno, ma lo sai te se sarò ancora qui in autunno... Sei capace a nuotare?».

«Più o meno, dove si tocca».

«Ecco come ti ripago, ci mangiamo un panino e facciamo fuori ancora una mezza anguria, per paga ti insegno a nuotare, ti tengo così...». Si rialzò e allungò le mani e le braccia come a raccoglierla distesa. «Ti tengo e te sgambetti».

«Molla» disse lei come se le avesse fatto il solletico alla pancia.

Era davvero belloccia, le sudava la pelle sopra il labbro e aveva denti così bianchi che lui si vergognava a sorridere. Quando se ne andò e gli lasciò l'ultima fetta di anguria, la ringraziò con un mezzo inchino, ne mangiò subito un pezzo e tenne il resto per dopo. Si tornò ad allungare sulle assi e sorrise a lungo. Avrà qualcuno, si disse. Mangiò quasi subito delicatamente anche il resto dell'anguria, così da non interrompere il morso ma assorbirne ogni succo e poi sputare le granelle.

Facile che abbia qualcuno, si rispose. Il pavone gli girava attorno. Lui posò la buccia per terra, un po' più in là, perché la beccasse, ma il pavone non la considerò e tornò dalle sue parti.

«Molla» gli disse. «Non ho altro».

Un giorno di quelli trascorsi nel parco di Arenzano (prima che i vigili una mattina gli chiedessero i documenti e gli proponessero di trovarsi un altro posto) si svegliò, nel suo giaciglio di cartoni e stracci, ai margini del parco, e ricordò il sogno che aveva appena fatto. Era giunto a Camogli, dopo tanto andare e anche tanta fame, e si era fermato perché in quel punto finivano i binari. Però se nel sogno pensava al viaggio, assieme alla fame e ad altre cose successe non ricordava di aver attraversato Genova. Com'era possibile? Genova, con le sue numerose stazioni di cui parlavano tutti i vagabondi, il suo bosco di binari e mattoni, se una specie di labirinto lo erano già state Savona e Albenga...

A un certo punto però Genova iniziò ad attraversarla davvero, stazione dopo stazione, prima Voltri, poi Sestri Ponente, con il suo ponte e le indicazioni per l'aeroporto, le gallerie piene di tubi e fili della luce, un groviglio che introduceva inesorabilmente a Sampierdarena e poi a Principe. Davanti alla visione della ventina di binari di Principe, tra cui un paio sotterranei, decise un giro largo per non correre il rischio di dover attraversarne qualcuno. Si ritrovò ai margini della radura immensa di Brignole, con il centro di smistamento, le stazioncine.

Da lì in avanti, prima o poi sarebbero emerse altre isole, le aspettava, per averle già disegnate.

Le isole del Golfo, le isole Federici (i nomi li aveva trascritti dagli atlanti), la Palmaria, la prima, passato Quarto e Quinto, Nervi, Rapallo, lungo la Riviera dei Giardini, così meno bella di quella degli Orti, conosciuta in gioventù.

E il Carlo dei disegni? Ci pensava sempre, come si pensa a una persona vera e nello stesso tempo, forse, mai esistita, infinitamente lontana nel tempo. I disegni ricevuti in dono non li possedeva più, volati via per essersi dimenticato di posare su di essi il bullone o una scaglia. Il binocolo s'era rotto e l'aveva conservato per un po', fin quando non se n'era sbarazzato, o l'aveva perso. Come il tempo. Com'era lontana Alassio.

LA MADRE E LE LETTERE

Quando la madre muore, a Sanremo, il 31 marzo 1978, Calvino sa di non aver più nessuno da quelle parti. Nata a Sassari, la madre è stata una botanica famosa.

Neanche i beni legheranno Calvino più a lungo alla città. C'è in lui il desiderio di vivere altrove, comprarsi una casa a Roma? Roma, Parigi, New York. Gli piacciono le grandi città e Sanremo s'è trasformata in una specie di sito archeologico cementificato. I personaggi bizzarri, vecchi nobili o nobili decaduti, giusto una decadenza umana del genere resiste. Ma queste sono cose che possono popolare solo le pagine.

Dopo il funerale, in quei primi giorni di aprile, Calvino rimane qualche giorno a Villa Meridiana, anzi, se ne va e ci torna.

Se ne sta davanti alla grande finestra, sa di seguire più per poco il suo mondo in discesa, si volta a posare una mano su certe scrivanie, gli scaffali dei libri, i cassetti che contengono la preistoria. Floriano, l'altro fratello che ha disatteso i sogni dei genitori, se n'è andato? Tornerà a breve per incontrarlo e discutere con lui il futuro di Villa Meridiana. Di certo al momento non c'è, non nello studio. Non c'è più neanche Libereso, non quel giorno, almeno, ma Italo può rivederlo bene tra le piante, riconoscerne la testa ricciuta che si muoveva come una nuvola nel verde, tra le cortecce, di là dei vetri. Da tempo hanno deciso di donare l'intera biblioteca al Comune. O è un'idea di adesso, è qualcosa di maturato dopo la morte di lei? Inizialmente cercheranno di vendere la villa al Comune, l'intera proprietà, le fasce, le piante esotiche, le serre, un blocco, il blocco Calvino. E non ci riusciranno. Ma ora Calvino non lo sa e non ci pensa. E a cosa pensa allora? Alle carte, a cos'altro, alle decine di stesure di manoscritti suoi, alle bozze delle lettere... Ho letto, iniziano tutte così le sue lettere... Già, a quanti ha scritto di aver letto i loro lavori. Ho letto... Se pensa a questo è come se pensasse alle cose che non ha scritto... A un bambino lungo i binari, alla lucertola ocellata di Benjamin? Esisterà davvero? In tanti mesi in montagna non l'ha mica mai vista, a volte scendeva da lassù quasi apposta, si fermava sopra Bajardo, armato, mandato lì per partecipare a qualche azione di alleggerimento, consumava il suo tempo privato cercandone la figura sorpresa dalla luna, e se di giorno gli toccava una guardia e si seppelliva nelle crepe, l'occhio si perdeva nei riflessi azzurri dei cisti, nelle onde delle eriche, nei ginestrai fioriti, e l'orecchio si illudeva di cogliere il passaggio di un fruscio di rettile...

«Ci ho girato, lo scorso anno, a San Giovanni, ma non ti ho mai incontrato... Magari hai già visto anche la lucertola ocellata».

«La conoscete? Mio padre ne ha trovato uno scheletro, una bestia così»

«Esagerato».

«Così di sicuro. Allora la conoscete...».

«Diciamo che la cerco».

«Non si fa mica vedere».

«Lo temo anche io».

Apre un cassetto, sa dove cercare, un uomo abituato a classificare... Sta tutto dentro una sola cartella, il colore è di un azzurro pallido. Sono passati esattamente trentatré anni.

Uno dei fogli al fondo riporta la data.

Imperia 27/10/1945
In fede.

Ma non c'è la firma.

Mansioni svolte presso la Trentesima Formazione.
Azioni armate a cui ha preso parte nel periodo suddetto:
Baiardo (marzo).
Altri eventuali servizi.

Nessuna risposta.

Ha riportato ferite in seguito all'attività partigiana?

Nessuna risposta.

È stato in carcere o in campo di concentramento per attività partigiana?
Sì, preso nel rastrellamento di S. Romolo; arruolato nella rep. arrestato per tre giorni a Santa Tecla.
Grado partigiano:
Garibaldino
Nomi di comandanti e compagni che possono testificare su quanto dichiarato nella presente scheda:
Umberto, Leone, Riccardo, Battagliero, Olmo.

Mi impegno a non far parte di altre analoghe formazioni partigiane.
In fede.

Lo posa. Sull'altro formulario c'è scritto in grande

> ASSOCIAZIONE PARTIGIANI D'ITALIA
> Sezione di Sanremo (63)
> Domanda di ammissione
> Il sottoscritto chiede di essere ammesso alla Associazione Partigiani di Imperia e a tale scopo fornisce i seguenti dati biografici, che egli sul suo onore dichiara veritieri:
> *Cognome e nome* Calvino Italo
> *Nome di battaglia* Santiago
> *Luogo di nascita* Santiago de las Vegas
> *Provincia* Cuba
> *Il* 15/10/1923
> *Nazionalità* italiana
> *Paternità di* Mario
> *Maternità di* Mameli Eva
> *Recapito attuale* Villa Meridiana Sanremo
> *Professione* studente
> *Scuole frequentate* liceo classico e università agraria
> *Servizio militare* dopo l'8 settembre 1943
> *Arma* sedentari
>
> COMITATO DI LIBERAZIONE NAZIONALE
> Circondariale Sanremo
> N. 6033 protocollo
> Dichiarazione
> si dichiara che Calvino Italo di Mario nato a Santiago de las Vegas il 15/10/23 ha fatto parte della brigata cittadina Matteotti, distaccamento Leone.

In un documento intitolato NOTE PERSONALI avevano sbagliato la notizia sul luogo di nascita:

Nato a Santiago Provincia di Cile
Situazione familiare celibe
Situazione economica buona

Il resto, schede di smobilitazione, i cui dati provenivano da formulari di carattere generale e non compilati:

Arrestato dai nazi-fascisti?
Data, località.
Date di scarcerazione.
Oppure di evasione.
Caduto? (in combattimento, fucilato, in seguito a ferite, per malattia)

Gli occhi cadono su una lettera meno ingiallita, inviata dalla casa editrice solo due anni prima. Scritta a macchina.

Giulio Einaudi Editore

Torino 8 aprile 1976

Caro Amoretti
con grande piacere ricevo la tua lettera del 3 aprile e apprendo che sta per uscire il primo volume della *Storia della Resistenza imperiese*. Ringrazio te e tutti i compagni per invitarmi a presentare il volume, insieme alla ristampa dell'*Epopea dell'esercito scalzo*, libro al quale avevo collaborato... purtroppo l'invito mi giunge troppo tardi. Già da tempo sono impegnato per quella data...

vostro Italo Calvino

A penna:

> Se avessi saputo in tempo della ristampa dell'*Epopea dell'esercito scalzo* vi avrei segnalato un errore di stampa: nell'elenco dei partigiani il cognome mio e di mio fratello figura come Caldino anziché Calvino. Ma forse trattandosi di una ristampa anastatica non c'era comunque modo di correggere gli errori.

LE PINETE E LA MORTE

A un certo punto aveva lasciato la ferrovia. Carta e matite a disposizione, trascorreva i pomeriggi a disegnare, sbarazzandosi prima o poi delle opere, perché sapeva bene che tutto nella bisaccia non poteva portare.

Le isole (prima la famiglia della Palmaria, e più a sud il Tino e il Tinetto, uniti uno all'altro da tre scoglietti, come da tre puntini), le isole in genere e l'incontro con Carlo, tutti quegli anni rimasti là dietro, nelle stazioni di un tempo geografico, erano stati a modo loro una specie di spartiacque, come gli occhiali da lettura. La fine della giovinezza e del corpo forte era coincisa con la fine della Liguria degli Orti, poi, lentamente, era cambiato qualcosa, non c'era più frenesia, (di arrivare?), e anche questo forse dipendeva da lui. Non è vero? È facile.

Giunto a Camogli, molto prima del Tino e del Tinetto, aveva ricordato lo strano sogno della fine dei binari fatto ad Arenzano. Emergeva un po' tutto, prima o poi, come se le acque agitate del fondale si schiarissero e la fiocina d'incanto trovasse mineralità trascorse, figure e sogni.

Si svegliava intirizzito e spesso sentiva ancora tutta una forza nei muscoli e nei nervi e nel sangue, ricordando la bella signora che gli aveva regalato l'anguria. Allora si detestava, perché non era stato capace di dirle nulla, se non farle quella sciocca proposta di insegnarle a nuotare, tenendola a galla. Stava lì, a pensare a lei, a massaggiarsi e a sentire fin dentro le viscere, sotto gli stracci, in quella cronica fame di donna, tutto il suo destino asino e avaro.

Una tregua. Ecco. Cos'è che gli impediva uno stacco, lasciarsi andare a una deriva, trasportato verso qualche fondale di vallata ubertosa? Il pensiero di dormire la notte al fianco di una donna, in un letto pulito, tra lenzuola allagate dalla luna? La condizione sconosciuta e rischiosa dell'abbandono di un respiro ferroviario, in cambio del silenzio di un paesino di pietra, con il fruscio sottostante del corso d'acqua sotto i ponti, lui e la pace di un'altra residenza?

Fin quando un giorno, per caso, un pomeriggio – dopo aver fatto un bagno rinfrescante nella pozza del torrente, dove ultimamente sguazzava spesso –, era entrato nella biblioteca di Monterosso, il paesone lungo il cui tratto di ferrovia egli risiedeva da tempo, e aveva saputo della sua morte. Della morte di Calvino, e saputo per caso, esatto, visto che nessuno si era preso la briga di informarlo che era morto da parecchio.

Lo scoprì a inizio estate, era il 1986, e l'uomo dei binari quel giorno, malgrado il bagno, si sentiva calcare il collo da una grande calura, come da una angosciante mano umida, ma non è vero che in quel momento stesse pensando a cose tristi, tanto meno alla morte, non ragionava mai su quella di nessuno, figuriamoci su quella di Calvino. Forse si può dire non pensasse alla morte più di quanto non ci pensava di solito. Tutto lì.

A Monterosso, e nelle Cinque Terre in genere, se non faticava come manovale, si occupava piuttosto di figure verticali, di un paesaggio minerale in grado di restituirgli un'idea di Pigna, la parte vecchia della sua Sanremo.

Comunque, che era quasi il primo anniversario della sua morte lo lesse su uno dei giornali trovati in sala lettura, e allora rimase seduto al tavolo, sfinito. Era dunque passato tanto? E lui in tutto quel tempo s'era alzato il mattino e aveva faticato come manovale o aveva semplicemente camminato secondo le disposizioni dell'universo, insomma era «andato andando», osservando con criterio ogni procedura, ogni codice, senza rendersi mai conto di cosa era successo, senza mai sapere? Era andata così, pare.

Morto a Siena il 19 settembre del 1985, riposava in un cimitero al fondo della Toscana.

E ora che non c'era più, come l'avrebbe voluto incontrare, ora, per dirgli lo so chi sei, sei Palomar, sei Marcovaldo, sei Pin, Cosimo... Chi sei? E farsi chiedere lo stesso. Saperlo.

Calvino, l'uomo che alla moglie prima di morire aveva detto di sentirsi la testa bruciare come un abat-jour.

Avrebbe voluto raggiungere in fretta un luogo. Camminare fino a un cancello di cimitero, secondo le regole imposte, un dovere, grato, perché per lui la riconoscenza era davvero il più piacevole dei doveri. Fermarcisi a lungo, come faceva nei posti importanti, e starsene tutto quel tempo seduto davanti alla tomba, la schiena contro il tronco di un pino. Il saluto estremo al suo complice. Una questione letteraria? Facile. Non ne conosceva altre: l'aveva fatto tanto tempo prima a Spotorno, sulla tomba di Camillo Sbarbaro, l'uomo che era riuscito a farlo sentire orfano di padre e di nonni, e poi quando s'era fermato a Santa Margherita e aveva toccato le pietre dov'era nato il poeta.

Ma ora, da quasi un anno Calvino era morto, e se ci pensava bene, se in quell'attimo si fosse alzato dal tavolone della biblioteca di Monterosso, e sceso le scale e uscito dal palazzo avesse scavalcato poggi, e fosse tornato ai suoi binari lucidi, egli sentiva che per la prima volta nella vita avrebbe potuto prendere la decisione più sensata, e immaginare, come aveva sempre immaginato, la possibilità di un ritorno a casa. Casa? In ogni caso non proseguire più, questo sì, perché se Calvino era morto come minimo veniva meno un ingaggio... L'avrebbe rivelato alla bibliotecaria il finale di una trama del genere, ai lettori che stavano lì, in quell'inizio estate del 1986, a elemosinare come lui una bava d'aria, avrebbe confessato loro un'eventualità del genere... Le domande confondevano i sensi di marcia, servivano a questo, lui era il suo stempo privato, non era fatto di parole scritte uno come lui – la questione letteraria era ridicola –, il suo nome, ecco cosa contava, e nessuno lo faceva mai da anni, la sua vita priva di carta d'identità, il suo respiro, erano il suo cuore, legato a un ferraccio infinito, imbullonato al mondo, la cui larghezza stava in una mano esattamente come un cuore bambino...

Volle subito saperne di più e chiese alla bibliotecaria di aiutarlo.

Negli ultimi anni, disse la bibliotecaria, ben intenzionata a trattare l'argomento, lo scrittore aveva scritto molto. *Se una notte d'inverno un viaggiatore*, *Cosmicomiche vecchie e nuove* e poi, *Palomar*... Palomar? Dai, Palomar era uscito due anni prima che morisse? Ma com'era possibile, lui l'aveva letto a Torre del Mare, ospite del traduttore, tra Bergeggi e Spotorno... Era stato il traduttore stesso a regalarglielo, ed era passato così tanto che aveva fatto in tempo a rovinarlo durante il viaggio e a perderlo, perché i libri nella sua bisaccia facevano quella fine lì... Com'era dunque possibile, cosa c'era di così spaventoso nelle pieghe del suo viaggio se le pagine di un libro uscito solo due o tre anni prima lo riportavano alla remota riviera degli orti...

LA FINE DELLA LIGURIA

Non era ripartito subito e quando lo fece, quando lasciò Monterosso, aveva messo da parte qualche soldo. S'era specializzato nella verniciatura di ringhiere, ma aveva le sue esigenze, chiedeva al suo capo di poter usare vernici all'acqua, perché ad altri prodotti era allergico. E il capo gli comprava tutto per bene, aveva la metà dei suoi anni e una ditta ben avviata. L'uomo dei binari se ne sarebbe andato il giorno stesso in cui aveva saputo della morte dello scrittore, ma il capo l'aveva pregato di restare, doveva consegnare parecchi lavori per le case occupate a breve dai turisti e di lui si fidava. Così l'uomo dei binari era rimasto ancora quell'estate, e una sera, a fine settembre, dopo essere passato a riscuotere la paga, disse che stavolta se ne andava davvero. Al datore di lavoro rincresceva, volle conoscerne le ragioni, se era una questione di soldi. Lui disse di no, non era mai stata una questione di soldi, è solo che quando aveva qualche spicciolo voleva proseguire. Tutto lì, e ora poteva tirare avanti un pezzo.

A volte, durante le pause, mentre consumavano un pranzo caldo in trattoria, guardando la pioggia, o mentre faticavano, e il datore di lavoro gli chiedeva di riposarsi, di sedersi un attimo sui pancali, che non era più un giovanotto, l'uomo dei binari aveva provato a spiegargli che ultimamente, da quando aveva saputo della morte di una persona cara, il tormento di andare avanti verso levante si trasformava nel tormento di voler tornare, come mai gli era successo. E questo lo preoccupava. Il datore di lavoro inclinava la testa da un lato, lo guardava come fanno le lucertole sui binari al sole quando fissano ignare le cose, e non capiva, e una volta l'uomo dei binari gli aveva detto che lo invidiava. Quella sera, prima di partire, si abbracciarono e l'uomo dei binari gli disse che non aveva mai abbracciato un uomo. Il padroncino inclinò la testa da lucertola e abbassò lo sguardo.

Dopo essersi lasciato alle spalle Monterosso, egli ritrovò per qualche mese le solite gallerie marce (un medico, al pronto soccorso, allarmato per il suo respiro, gli aveva detto che dormire là dentro era un veleno, ma lui aveva alzato le spalle, via, le vernici, quelle sì, erano veleno), gli articolati moli, le banchine, i cantieri navali, e un paesaggio nuovo e odorante anch'esso di schifose vernici lo immerse lentamente nella città di La Spezia.

Un giorno dalla ferrovia imboccò un sottopassaggio, cui seguivano stradoni larghi, e chiese alla gente dov'era la biblioteca. C'era pieno di studenti, un'intera scolaresca, una biblioteca molto fornita, e l'uomo dei binari espresse il desiderio di consultare tutto ciò che possedevano su Calvino. Doveva esserci molto di più che a Monterosso, in effetti entrò che era mattino e uscì da là dentro col buio.

Le notizie raccolte a Monterosso erano confermate: il 6 settembre dello scorso anno Italo Calvino veniva colto da ictus. Si trovava a casa sua, nella pineta toscana di Roccamare, stava preparando il suo viaggio americano. Ricoverato dapprima nell'ospedale Misericordia di Grosseto, era stato trasferito al Santa Maria della Scala di Siena, dove pare avesse ripreso conoscenza e attendeva un'operazione, ma il 19 settembre era sopraggiunta la morte per emorragia cerebrale. Era sepolto nel cimitero-giardino di Castiglione della Pescaia, un luogo ben lontano da La Spezia. Anzi, da La Spezia a Castiglione della Pescaia, aveva guardato, c'era quasi quanto da Sanremo a La Spezia. A piedi ci avrebbe messo troppo, non ci sarebbe arrivato mai, coi suoi ritmi e le sue articolazioni precarie. Allora pensò che gli sarebbe piaciuto salire su un treno, cambiare forse da qualche parte, cercare Castiglione della Pescaia – magari dalle parti del cimitero ci si fermava un treno – e andare sul posto, come aveva fatto a Spotorno per Sbarbaro.

Non aveva cercato altro in biblioteca, non ora. Solo una conferma e la stesura del progetto del viaggio in treno, le tappe, le tratte, le fotografie del cimitero, cose del genere...

Scendendo le scale del palazzo accompagnava meditabondo il corrimano liscio e sferico per la metà come un binario, e le strade lo riportarono alla periferia, dove ritrovò il sottopassaggio o forse era un altro, i binari non finivano mai... Che città era, era ancora La Spezia, che regione era?

Forse il posto in cui si trovava, le scarpate e le vecchie stazioni, il capannone dal tetto sfondato che l'ospitò per qualche notte, non erano più da tempo l'unico universo possibile, l'unico luogo ligure contenente il mondo, con lo stellato delle vallate, stretto e lungo quanto la Via Lattea, che aveva imparato a guardare come una cameretta, leggendo *Palomar*. In effetti, per averla studiata a scuola, ricordava che a destra – alla destra di chi la guardava su una cartina –, la Liguria compiva un vero e proprio scarto, e dopo aver tracciato la sua forma di bocca sottile e triste, l'estremità ligure a levante terminava in una specie di angolo retto, cui segue la discesa e quella discesa doveva essere la Toscana, con la provincia di Grosseto al fondo, e la pineta di Calvino. Ma lui l'angolo retto della Liguria non l'aveva ancora trovato. Era un trucco dei cartografi? Facile, si disse.

In una cartina della stazione aveva scoperto che il fiume Magra poteva, a modo suo, identificare un'idea di frontiera, una proposta accettabile, e infatti, quando ci arrivò se ne rese quasi subito conto: quel mucchio di acqua dolce scorreva solo per mettere fine a qualcosa.

Di trovarsi in un altro posto lo sospettò pure quando improvvisamente lo accolsero certe pinete buie e così diverse, alternate a radure, e certi fiumiciattoli, come il Magra appunto, piuttosto agitati, e anch'essi così diversi dai torrentelli liguri, sulle cui rive i banchi di sabbia e ghiaia inventavano paesaggi insoliti.

Allora si guardava attorno, spaesato, stanco, e provava a figurarsi qualcosa di già visto, attraversato. E giorno dopo giorno intuiva in tutto questo una strana modernità. Si poteva sempre incolpare il tempo, erano i segni, cambiamenti di un genere epocale di cui parlavano tutti?

Un giorno, costeggiando la linea su un bordo di cemento tutto sgretolato, giunse a una piccola stazione che a suo tempo doveva essere stata ben più importante, perché piena di binari ormai inservibili e in possesso addirittura di una vecchia sala della prima classe. Andò al bagno, come faceva per prima cosa quando arrivava nelle stazioni, per lavarsi e dissetarsi, disinfettarsi i graffi. Ma non gli fu possibile, ci volevano i soldi e lui non li aveva o meglio, qualche risparmio di quando aveva pitturato le ringhiere a Monterosso lo conservava, ma gli spiaceva pagare un euro per andare al bagno. Tutto lì. Via, un euro per pisciare una volta in un cesso e rinfrescarsi il collo al lavandino?

Sorpreso, ne discusse con un addetto, non era mica giusto far pagare i bagni pubblici, da quando in qua? Era un altro segno della fine di un'epoca e di una regione?

Come la mettiamo, disse. Si guardò attorno, notando altre ingiustizie, per esempio quella divisione della panchina, con una porcheria di poggia-braccio in modo da impedire al passeggero di sdraiarsi. Era un diritto sacrosanto del viandante sdraiarsi sulle panchine.

L'addetto ascoltò e la prese in ridere. «Vecchio, le panchine sono per i passeggeri e tu non lo sei...».

«Ah, no, e cosa sarei io?».

«Non lo so cosa sei, un vagabondo, immagino».

Non replicò, amareggiato, certo, vagabonda lo era la sua vita intera, e non provava nessuna vergogna; quanto all'arroganza degli addetti c'era abituato. Alla fine era stato solo quel fatto di sentirsi dare del vecchio a metterlo male. Chissà da quanto lo era, ma che glielo dicevano era la prima volta... Sei vecchio? Eppure non se lo sentiva mica... Era dunque un vecchio? Da quando aveva scoperto che Calvino era morto – erano passati altri tempi raminghi –, qualcosa era successo, aveva trovato le prove della fine della Liguria e l'impressione della propria fine, quella privata. Eppure, a parte tutto, che strano, del vecchio non ricordava gliel'avessero mai dato. Vecchio. Andò a specchiarsi in una vetrata nella sala d'attesa della prima classe. Sì, era passato il tempo. Tutto lì. Un'onda, tante onde. L'addetto non aveva mica tutti i torti. Avrebbe voluto dirselo, parlarne al mondo intero, ammetterlo, e confessarlo ai binari: è facile che tu sia vecchio. Non era mai morto come Calvino e allora diventare vecchi era stato facile. Era solo questo. Ma in quel momento gli risultavano vecchie anche le parole.

S'era sempre tagliato lui stesso i capelli, e la barba se la faceva alla bell'e meglio con un paio di forbici trovate nella spazzatura il secolo scorso, diligentemente disinfettate nell'acqua del mare e affilate ogni tanto sui binari. Ma col passare del tempo, così come dimenticava le cose, si può dire avesse finito per dimenticare anche il bisogno di specchiarsi. Se si può dire così.

Ora lo sapeva bene, la Liguria poteva continuare per sempre, ma lui era in Toscana. E in quel momento sentì così vicina la morte, che gli sembrava di averla sentita ogni giorno, ricordava i pensieri di certe notti trascorse a guardare le stelle con un filo d'erba tra i denti, la strettoia delle vallate, in cielo la strettoia della Via Lattea. Era diventato vecchio sognando una donna.

Si sedette sulla panchina divisa, l'addetto continuava a parlare, c'era pieno di gente attorno. Non voleva sentir nessuno, si tenne la testa ferma con le mani. Lentamente gli tornavano alla mente volti e parole di gente conosciuta, frammenti, lontanissimi.

«Non hai mica conosciuto solo uno che disegnava isole» disse. «Una volta hai parlato con uno che faceva fotografie agli orti e gli hai chiesto come mai. Perché avevamo degli orti e ce li hanno rubati, ha detto. Un giorno i suoi genitori sono morti, suo nonno non era tanto in gamba e lo misero in un orfanotrofio. A quindici anni se n'era andato, a sedici l'hanno ripreso e mandato al fronte e quando è tornato al paese i figli o i nipoti di chi rubava gli orti facevano ancora i furbi e a lui giorno dopo giorno quel posto non piaceva più, era un posto da furbi. Il buco di casa non me lo sono venduto, mi ha detto. Faceva qualche giornata in campagna, orti suoi non ne aveva più, lavorava per comprare il necessario per fare foto... In casa sua sono rimaste le foto, un giorno si sarebbero mangiati tutto quanto i topi o sarebbe passato il fuoco e comunque qualcosa si sarebbe salvato, qualcosa restava sempre. Aveva ragione, anche di mio resterà qualche isola». Lo disse per far ridere i presenti, e infatti risero, e poi si ricordò che non gli piaceva ridessero di lui. In Liguria, o al fondo della Liguria, non si rideva tanto, si rideva a colpetti.

«Durante la guerra, brava gente, quando scavalcavo le gallerie, quelle piuttosto serie che al fondo non vedi un barlume di chiaro, capitava di incontrare i partigiani. Non nelle gallerie, di solito se ne stavano ben sopra, tra le scogliere. Controllavano il mare e le fasce, e i treni, non c'era altro, mare e fasce di ulivi, binari... Se d'estate si parlava più tedesco che italiano qualcosa significava».

«Cosa significa, sentiamo?» chiese uno dei passeggeri in attesa.

«Che la vita può cambiare, e mentre cambia passa... Chicù non usa la legna e la legna marcisce, è un peccato, legna buona d'ulivo... Glielo dico sempre anche io, a volte ne usa un po' a settembre per far cuocere la conserva nel pentolone... Sapete, brava gente, lei addetto ferroviario del belino, si può distinguere il futuro e il passato come il viaggio tra le due stazioni del tempo, è la lunghezza della Liguria, i binari e i gabinetti, e l'altra, l'altra regione. Forse un giorno di questi sì, trovo la lucertola ocellata e scopro che lei mi aspettava per liberarsi della sua pelle blu».

Una signora aveva assistito alla discussione e al monologo, dando, con un ritardo fuori luogo, ormai, totalmente ragione al ferroviere. Lui non ci rimase male, c'era abituato, alzò le spalle e seguitò a ragionare da solo. Gli premeva la fine della Liguria, non la questione dei gabinetti. No. Ma lei queste cose non poteva saperle e disse: «E se nessuno pagasse?».

Lui le rispose, stanco.

«Per dire, signora, Liguria era quando le donne scendendo dal treno mi vedevano sulle panchine e sotto gli alberi del pepe?».

La signora si allontanò toccandosi la tempia col dito.

Quel giovanotto, asciutto e malvestito, dagli occhi dell'azzurrite emersa da qualche crosta di chiesetta dell'entroterra. L'abbronzatura delle lunghe estati. Le donne di allora lasciavano sulla panchina una moneta, a volte si facevano coraggio, signore generose, rallentavano per non essere viste dagli altri passeggeri, e tornavano a posare sulla panchina una banconota. Liguria era anche questo, la vita un po' più facile, meno severa. Dal sottopassaggio scendeva a fare un tuffo in mare e le signore lo salutavano. «Il giovanotto della stazione...».

Siccome non voleva spendere i soldi per il gabinetto e il ferroviere puntava i piedi, il vecchio era andato a orinare nel primo buio di una galleria. Passava solo quel binario e s'intravedeva il semicerchio lattiginoso al fondo, e del resto da un po' di tempo la maggior parte delle gallerie erano brevi, poche decine di metri da percorrere di corsa, prima dell'arrivo del treno (per calcolarne la distanza aveva imparato a porgere il timpano sul binario e non si sbagliava), ma quel giorno gli era sembrato impossibile poterla fare franca, aveva appena scoperto di essere vecchio, un vecchio senza più la corsa antica, e anche ora che orinava, un po' più ciondolante sulle gambe ci si sentiva.

IL PALLONE

Un giorno, poco distante dalla stazione in cui gli era stato dato del vecchio vagabondo, una delle solite stazioni del genere «toscano», con le gallerie brevi e senza colline sulle spalle, i bagni a pagamento, mentre se ne stava al centro del piazzale antistante l'edificio a pensare alle regioni, gli giunse tra i piedi un pallone di cuoio. Fece per restituirlo di prima, mancando l'aggancio, i ragazzini trattennero le risate. Si andò a sedere sulla panchina sotto il pino e si divertì a guardarli.

Dopo un po' apparvero un paio di turisti, una donna e un uomo, forse del Nord Europa, per la pelle chiara e i capelli biondi. Parlavano un po' di italiano. Erano furenti.

Chiese loro: per i bagni a pagamento?

Macché, provarono a farsi capire: erano furenti per lo sciopero.

Lui non lo ammise ma gli scioperi non gli spiacevano, alla fine avevano un solo svantaggio: nel lasso di tempo in cui circolavano pochi treni gli orari non venivano rispettati, e uno come lui, informato su ogni probabile ritardo, correva il pericolo di farsi sorprendere da un merci all'interno di una galleria, e di respirare porcheria di cereali. Non ci provò neanche a spiegarlo. Uno dei vantaggi, invece, era che durante gli scioperi si incontravano sulle rotaie molte più squadre della manutenzione. Con alcuni capisquadra non andava d'accordo, non lo facevano mica transitare, e allora non gli restava che rassegnarsi e risalire le scarpate, mettersi alla ricerca di un ciliegio da spogliare, un laghetto in cui gettare la lenza che si portava sempre dietro, fin quando la sera gli operai non abbandonavano il cantiere e a quel punto poteva passare e guardare se avevano lasciato qualcosa. Fortunatamente, tra le squadre ce n'erano anche di amiche, gente che non gli creava difficoltà, anzi, dividevano con lui la colazione e gli permettevano di abbrustolire una fetta di lardo sul fuoco e di scaldarsi.

Il turista del nord portava al collo una buona macchina fotografica e aveva posato accanto a sé un binocolo. A turno lo regolavano, puntandolo in un orizzonte sparso di pini. Il vecchio spiegò loro che tanti anni prima ne possedeva uno anche lui, era un binocolo blu, molto bello, ma l'uomo e la donna non capirono. Mentre parlava sentiva un desiderio crescente di riguardare il mondo nella lente di un binocolo, come un tempo, e disse che il suo era un binocolo di buona marca, gliel'aveva regalato un amico, un disegnatore di isole.

La turista provò a tradurre qualcosa al compagno, nel mentre aveva scartato delle focacce. Accettò, ringraziando, e prima di spartire il pranzo si andò a lavare le mani alla fontanella.

Gli chiesero dove andava e lui indicò il senso dei binari. La turista chiese: Firenze, Roma? Il vecchio alzò le spalle, vergognandosi un po' perché in realtà non sapeva rispondere, avrebbe potuto dire che andava nel grossetano a fare visita a un amico, ma come si faceva a spiegare una cosa del genere. Tuttavia, dovendo dire qualcosa, rispose a bocca piena Napoli-Salerno, per averlo sentito segnalare tante volte dagli altoparlanti nelle stazioni.

Dopo la focaccia (d'un tratto l'aveva posata sulla carta e si era mosso di scatto per restituire ai ragazzini il pallone rotolato dalle parti della panchina, riuscendo stavolta ad alzarselo col destro e calciarlo con lo stesso piede) era andato a lavarsi le mani e la bocca, nascondendo, mentre camminava, un piacere enorme.

«Bravo» disse la turista, al suo ritorno, il compagno aggiunse qualcosa. Credette di averne afferrato più o meno il senso, e che il turista gli avesse chiesto se gli sarebbe piaciuto scendere di nuovo in un campo di calcio.

«Non avevamo un campo,» disse in italiano «il pallone rotolava in fondo due volte su tre...». Poi ammise: «Darei la vita per tornare a giocare con Gino».

I turisti ripresero a puntare il binocolo e quando la donna lo posò definitivamente, lui si fece coraggio, si asciugò le mani alla camicia e chiese se poteva guardare una cosa.

Non cercò il nascondiglio del mare tra i pini, ma regolò il binocolo alla sua vista di vecchio e guardò le montagne. Erano bianche e scavate in quel modo scientifico che negli ultimi tempi l'aveva incuriosito.

Il turista notò il suo stupore e disse: il *blanco de Carraia, señore*. Il vecchio annuì, ricordava bene una notte, stava costeggiando la ferrovia, ai cui margini c'era ammassata una quantità di lastre bianche. S'era messo a piovere e lui aveva cercato un riparo, senza prestare troppa attenzione alla stranezza del posto, ma attribuendo quel biancore allo scherzo della pioggia, ai lampi, nella notte. Anche ora, la visione delle montagne biancheggianti gli pareva più uno scherzo del binocolo e dei suoi occhi che l'immagine di un giacimento. Ma forse, si disse puntando il binocolo in altre direzioni, non poteva essere anche quella un'idea di Toscana accettata da tempo, senza saperlo?

La turista tornò dalla fontanella con le tazzine di plastica lavate e gli versò il tè caldo. Il vecchio posò il binocolo, soffiò sulla tazza e dopo un bel po' sorseggiò, pensieroso, non diceva più nulla (a cosa pensava?), era molto tranquillo, ma alla fine del tè, che consumò fino all'ultima goccia, preso come da una improvvisa ansia si alzò, ringraziò con un mezzo inchino, raccolse le sue cose e si avviò nella direzione opposta a quella che aveva indicato loro.

LA SPEZIA

Per la prima volta nella vita camminava lungo lo stesso binario, ma tenendo l'orlo del mare a sinistra. Alle sue spalle l'altoparlante della stazione annunciava altri disagi, e lui s'era fermato un istante ad ascoltare. Erano notizie che non lo riguardavano.

Il passo incerto per la scomodità della ghiaia in leggera discesa, seguitava tuttavia a compiere un gesto talmente collaudato che al perdere l'equilibrio riusciva in tempo a rimediare con uno scarto e a bilanciare il tronco. La novità stava tutta in quel tramonto in faccia, il vuoto azzurro a sinistra, e il crollo delle rupi a destra. Ma ci avrebbe fatto l'occhio e il cuore, come a tutto.

Quanto al resto, la ghiaia manteneva a perdita d'occhio la stessa pietraia polverosa, odorava di ferro, e la minima sbandata gli ricordava escoriazioni antiche.

Giunto di nuovo nei pressi della stazione di La Spezia successe qualcosa di strano e vi prestò attenzione. Un desiderio, sconosciuto, un desiderio così forte di fare in fretta, lo prese, che scese il sottopassaggio, guardò il tabellone e senza pensarci due volte salì sul rapido per Ventimiglia.

Quando il treno si avviò, iniziò a spostarsi e a guardare dal vetro i fichi saldati ai muri e ai pugni di terra pietrosi, e un piccolo cimitero cui seguivano di nuovo orti e le palme, dai puri tronchi senza ramaglia, come ne aveva viste ultimamente a centinaia.

Dalla parte del mare, invece, era un passaggio veloce di solchi di verdura, spicchi di orti e terre incolte che mostravano una fioritura di piante grasse e palme. Prima o poi lo sorprendeva la galleria, e in attesa che la luce riconsegnasse la prateria liquida e arrugata azzurra, c'era tutto il tempo per catturarsi nel vetro. E oltre la sua immagine riflessa, vedere per la prima volta alla velocità del treno l'intero sfondo buio della galleria... Cosa avevano potuto intuire da dentro uno scompartimento, gli occhi dei passeggeri che l'avevano intravisto per un istante alla luce di un faretto. Un nulla, lo stesso nulla, nelle diverse stagioni della vita. Non l'avevano mai potuto riconoscere. Aveva vissuto nel nulla là dentro? Oltre il filtro del vetro, galleria dopo galleria, negli anni, da solo, era stato solo un nulla un po' diverso: il nulla bambino, ragazzo, un nulla uomo e anziano, e ora un nulla vecchio di qua della trincea, nella custodia comoda dello scompartimento, come nell'ultima matrioska.

I tetti delle città, tutti grigi, e i palazzi coi frontoni e i ghirigori, i cavalcavia, le autostrade appese alle rupi. La sorpresa sonora di uno stridio frenante che tante volte l'aveva svegliato di colpo la notte, ora lasciava sulla sua faccia la smorfia divertita e un po' ebete del passeggero. Un rumore nuovo, interno, il cuore di ferro che pulsava in modo regolare e interminabile, mentre là fuori aveva spaventato la notte per un solo minuto.

Immaginò il risciacquo marino, e tutto ciò che veniva sorpassato, le macchine e i furgoni, veniva assorbito dallo sferragliare, e alla fine il sonno lo vinse. Si sedette per terra, nello spazio antistante lo scompartimento, e stava lì, rannicchiato, come si faceva spazio e puntellava i piedi in una scarpata, quando a una stazione salì un passeggero e lo scavalcò con la valigia, scusandosi. Una volta nello scompartimento e sistemato il bagaglio, il passeggero uscì a dirgli che dentro c'era posto. Lui scosse la testa e ringraziò, no, stava bene dov'era.

Tornò a chiudere gli occhi, gli rivenne voglia di sedersi, ma era un treno affollato e ripassava di continuo qualcuno, così rimase in piedi, la fronte e le braccia appoggiate al vetro. Il viaggio lo dondolava in un dormiveglia ferroso e antico, fin quando non lo scosse uno stridore diverso.

Non aveva mai orinato in condizioni così pietose, sballottato dalle rotaie da una parte e dall'altra, e gli veniva da ridere. Attraverso il vetro del bagno non si vedeva niente, infilò nella bisaccia, che aveva portato con sé, un po' di carta igienica, si guardò gli occhi nello specchio. Un tempo erano stati color dell'azzurrite degli affreschi delle chiese... Che ne sapeva lui di chiese... Non erano sulla sua rotta. Capitava però che d'estate, alla ricerca di un parco dove sdraiarsi all'ombra, vedendo una chiesa ci si andasse a sedere al fresco. La gente che pregava lo incuriosiva, in fondo non gli assomigliavano un po'? Non si pregava in ginocchio la vita come si andava lungo i binari? Gli occhi lentamente avevano perso ogni riflesso blu, erano fessure di un grigio catarro, venati di rosso e incrostati. Sei vecchio, si disse, e traballi su un treno, hai sete e non sai neanche se l'acqua dei treni è potabile...

Sentì bussare. Esco, disse. Era il controllore. Voleva il biglietto.

Gli venne da ridere, un biglietto? Non l'aveva, ma non rideva per questo, solo che gli faceva grazia l'idea di un biglietto.

«Ha forse una tessera?».

Il vecchio tornò a ridere.

«No, neanche, mi spiace, tessera di cosa...».

«Dove va?».

«A Sanremo, in piazza Bresca» disse per la precisione.

«E le viene da ridere?».

«A volte rido per nulla, sa... e ora mi viene da ridere, ma rido di me, sia chiaro».

Pensava alle circostanze e a quel giorno, così strano, davanti al cesso di un treno, senza biglietto. Quando aveva preso servizio lungo i binari, non avrebbe mai immaginato che un giorno si sarebbe voltato senza mai vederne la fine. Il fatto è che viveva dentro una favola di Italo Calvino, disse, e la conclusione della favola era che Calvino era morto e finita la Liguria, tanto valeva tornare a Sanremo. Non lo pensa, controllore? Per questo gli veniva da ridere. Perché i binari non finivano mai di ridere. Siccome il controllore non diceva nulla ed era fin troppo serio, egli provò ad aggiustarla. «Ma non fa niente, alla prossima stazione tolgo il disturbo, se me lo permette...».

Guardò fuori, per nascondere un ritorno di quella risatina irritante, e vedere dov'erano. «Siamo quasi a Pieve Ligure, un pezzo l'abbiamo fatto».

«Come fa a vedere dove siamo? Neanche io, quasi, che ci passo ogni giorno...».

«I colori, gli azzurri lamentosi della sera, le poesie parlano chiaro, ne ho lette tante, e poi gli scogli sono diversi a Pieve, sono delle isole gli scogli di Pieve, isolette sempre diverse, io le conosco bene, mi creda, tutte quelle isole lì, e poi quando passavo di qui lei giocava ancora con i trenini...».

«La lascio arrivare a Genova».

«È generoso. Lo dico sul serio. Non mi fraintenda».

«E a Genova riprende un treno senza biglietto? Non ha una pensione?».

Il vecchio sorvegliava il passaggio del mare, tra le ville e la verdura dei pini di Pieve. Per parlargli si voltò verso di lui. «No, non credo che riprenderò altri treni... una pensione però sarebbe bello...».

«Chi l'aspetta a Sanremo?».

Il vecchio spostò lo sguardo sullo stipite della porta del bagno, e pensò a chi poteva ancora esserci a Sanremo. Ma senza sforzo, ci pensava spesso.

«Senta, questo treno si ferma ad Albenga, si vada a sedere, e quando ci siamo le manca meno».

Inclinò la testa e avrebbe voluto dire qualcosa a questo giovanotto, parole senza senso, per esempio: avrei voluto un figlio così, sa, un controllore sui treni della Liguria. L'avrei potuto vedere ogni tanto in qualche stazione, mangiare una focaccia, salutarsi di sfuggita, prima di essere già di nuovo distanti. Poi era sempre così abituato a parlare da solo che lo disse. Anche a piangere, o a sentire quel magone da binari, c'era talmente abituato che non si accorse nemmeno delle lacrime. E non si era mai vergognato di sperimentare questo genere di cose, ma ora un po' sì, pensò da cosa poteva dipendere, cosa poteva causarla una simile vergogna. Non trovò nulla, nessuna spiegazione. Ci giocava il fatto che era su un treno? Facile, provò a dirsi, doveva essere così, dare la colpa alle circostanze, l'effetto da treno che lo faceva piangere e ridere come uno scemo. Alla fine riusciva solo a smettere di ridere.

«Non pianga» gli disse il controllore.

«È che uno sale sul treno e abbassa la guardia» disse per tornare a riderci sopra.

«Vada a sedersi, e faccia la guardia dal finestrino».

Il vecchio si andò a sedere e guardò dal finestrino. Pensava alle isole, che erano stelle, non di quelle che si materializzavano, ma le isole che la sera aveva nascosto e le stelle che il giorno aveva nascosto. Alle isole sulla carta, quelle dei libri nelle biblioteche. Un giorno a Sestri Levante ne aveva aperto un intero atlante. Isole remote. Il titolo era proprio *Atlante delle isole remote*. La prefazione, invece, si intitolava *Il paradiso è un'isola. Anche l'inferno*. Era un genere di libri che l'aveva sempre tentato. Rubarlo significava farla franca, ma tolta la verdura e la frutta dagli orti e il sole l'inverno, una bisaccia prelevata da una baracca, tanto tempo prima, lui non aveva rubato mai quasi nulla. Neanche la vita alle bestie. Per quanto per le bestioline non coltivasse nessun buon sentimento, anzi, lo pungevano, lo massacravano, gli lasciavano il corpo una piaga, specie certi ragnetti da ferrovia, rossi. Poteva stare in una crepa di falesia, al fresco, o a ripararsi dalla pioggia per un giorno, e vedere muschi, licheni, scarabei verdi passargli sulle mani e porcellini di terra raggomitolati, e l'unico gesto di cui era capace era dividerli se si stavano uccidendo, spostare al sicuro i feriti. La vita minuscola in genere non lo interessava, sentiva già sé stesso, il suo essere e la sua epopea, qualcosa di immensamente microscopico in rapporto al firmamento dilaniato dall'assalto ferroso di passaggio.

Le isole remote avevano nomi diversi, doppi nomi, era la lingua a definirle. L'Isola della Solitudine per esempio i norvegesi la chiamavano così, *Ensomheden*, mentre per i russi era *Ostrov Uedinenija*, Isola del Ritiro. Si trovava nel Mare Glaciale Artico. Era grande 20 kmq ed era disabitata. Era stata scoperta nel 1778, da un certo E.H. Johannesen.

Isole raggiunte con le ultime forze. Come per Tristan da Cunha, le rivoluzioni proclamate sulle navi, le utopie vissute sulle isole. Le isole, come l'esilio perfetto.

Non s'era più alzato, il gomito sul bordo del finestrino teneva la testa.

Ogni tanto riconosceva nella solita concessione marina tutto quel vuoto nero. La fine della galleria rendeva di nuovo il tutto possibile. Come una volta. Era il festival notturno di stazioni già viste. Rapallo. Chiavari. Brignole e Principe, coi suoi pilastrini, i suoi faretti, i fasci di tubi elettrici, e le navi altissime nel porto.

Avrebbe desiderato scendere ad Arenzano, c'era un parco dalle parti della stazioncina, ci aveva dormito per dei mesi, dividendo il silenzio con un pavone. Ma il treno non si fermò (non sarebbe comunque sceso, era un desiderio così), regionale veloce, quello della sera. Torre del Mare e Bergeggi non si potevano vedere, la galleria passava sotto, e a Spotorno (ripassò a salutarlo il controllore) il treno si fermò e gli vennero in mente i versi di Sbarbaro al padre.

ALBENGA, ANCORA

Il treno terminò la sua corsa sul terzo binario della stazione di Albenga, il vecchio scese e cercò il controllore per ringraziarlo. Era in coda al treno, avanzava tra i pochi passeggeri, sotto la luce dei lampioni.

Lui era sceso a metà treno.

«Albenga, signora, chi non ci ha da fare non ci venga» disse a una donna tutta profumata. La donna allungò il passo, lanciando i suoi polpacci potenti. Il vecchio la osservò da dietro e annuì, con una certa preoccupazione che non seppe spiegarsi.

Attese il controllore. «Volevo ringraziarla».

«Che fa ora? Le posso offrire qualcosa in mensa?».

Immerse la focaccia nel caffelatte e si guardò attorno, ogni tanto sorrideva, anche il suo benefattore. I ferrovieri non facevano elemosina, passavano senza guardarti o diventavano amici.

«Fra poco riparto, locale delle 23.45, stacco a Brignole e aspetto la manovra» elencò, come se parlasse con un collega.

Il vecchio annuì, e quando di fuori si salutarono, rimase un po' sulla banchina. Poi per la seconda volta, quel giorno, scese nel sottopassaggio, cercò l'ultimo binario a monte, che era sempre il primo, e si diresse a piedi verso ponente.

Era già stanco, le gambe gli facevano male, ma il malessere non lo privava delle forze, anzi, era come se le gambe, rimaste senza sogni, ne cercassero altri.

Dalle parti di Punta Murena, scavalcata una collina tutta brulla – c'era risalito per non rientrare nella galleria –, si rimproverò di continuare a quel modo. Che senso aveva, ormai... se i binari, lo sapeva bene, non finivano, tanto valeva abbandonarli.

Là sotto si stendeva l'Aurelia, con una riga di lampioni, il traffico, i marciapiedi comodi, e un guardrail. Tutta una tentazione, mai più inciampare nella notte ghiaiata e risuonante, svegliare i cani, vedersi accendere in faccia qualche luce di camera o pila e farsi chiedere dove andava. Come se uno lo sapesse dove va.

Il miracolo era la Gallinara, l'isola di Alassio, debolmente illuminata da un faro. Altre luci dovevano essere di barche alla bonaccia.

Risalito attraverso una franetta, tra cocci e rifiuti di ogni genere, aggrappandosi all'erbaccio, raggiunse una fascia e decise di fermarsi.

Dal basso risaliva una musica che gli ricordava il tempo giovane trascorso in riviera.

Nell'aria si perdevano cantilene di orgasmi di rane e lui sospirò, facendosi dettare le associazioni dall'esperienza: dove ci sono le canne c'è acqua e dove c'è acqua d'estate ci vivono le rane. Dopo un po' non erano più tante rane, ma un'unica, gigantesca rana.

Passava un pipistrello, superava di poco la quota delle canne, al fondo scartava qualche oggetto, una rupe forse o un albero.

«Invece torni» disse a voce alta, quasi a volersene convincere. Prima di coprirsi si alzò, andò a fare la pipì e quando si tornò a sdraiare si addormentò quasi subito come fanno i bambini quando sospirano come se parlassero da soli.

Per diverse notti, in quel canneto, ha sognato un sé stesso giovane in viaggio. Non è più ripartito, e non c'è un motivo, a meno che non desideri ritardare il suo arrivo a Sanremo. Ma perché? In ogni caso, la sera, quel canneto in dirittura di Alassio, qualche fascia sopra la ferrovia, l'ha accolto con il suo tappeto soffice e asciutto di canne e di stracci.

Dei luoghi visitati durante il viaggio non saprebbe dire nulla, l'impianto del sogno trascura ogni geografia, semplicemente, egli si sposta di città in città, scende da un treno e in stazione lo aspettano e lo portano a giocare in un campo di calcio, col pubblico sugli spalti. Quindi nel sogno è in forma, è giovane, ben allenato, e il risultato delle partite non importa, ma alla fine è stanchissimo, si fa accompagnare a dormire perché crolla dal sonno e ogni volta, dove si getta a dormire sente lo stormire delle canne alimentato da un fruscio dell'acqua. Vorrebbe restare desto e non perdersi nulla, questi rumori rappresentano qualcosa di magico, una coscienza della sua forza fisica, la sua salute, sono la colonna sonora stessa del sogno... e c'è una festa laggiù, ai margini del sogno. Stai bene, si dice, e per comprovarselo, fa un lungo sospiro e sta bene. Un mucchio di ossigeno arriva alla mente.

Le foglie delle piante dal gambo carnoso odoravano di torrente fin dentro il sogno, e una notte, mentre sognava lo stesso sogno, distinse altri odori, più specifici, quello delle foglie delle canne, non delle canne, le foglie hanno un odore più vegetale di quello del gambo duro della canna, che odora di plastica... E questa cosa di sentire l'asprezza delle foglie di canna si accorse di pensarla da sveglio e da vecchio, e sbadigliò, le labbra socchiuse e un senso di benessere proveniente dal sogno lo invase e restò a lungo ad ascoltare il passaggio di un treno, che moriva dentro la collina di Punta Murena.

Era ancora notte e il rumore delle rane profanava il silenzio acceso dell'estate e tutto, anche le onde, sotto l'Aurelia, così uguali e diverse una dall'altra, apparteneva perfettamente a quel silenzio.

Stava lì, e sapeva solo che di giorno se ne sarebbe andato, cercò con la mano la borsa e poi la bottiglia dell'acqua. Mandò giù un lungo sorso. Il giubbotto era asciutto, come ogni notte le canne l'avevano protetto dalla rugiada. Quando sentì che era ora si rizzò e se lo tolse, si liberò anche di una maglia perché faceva già caldo. Piegò tutto, infilò le cose assieme al resto, si mise la bisaccia a tracolla e riprese la discesa ai binari che non era ancora chiaro.

La prima notte nel canneto s'era svegliato, come adesso, per riprendere il cammino, e si era accorto che in fondo alla fascia non c'era nessun corso, l'ospizio delle rane era tutta l'acqua raccolta nei vasconi, che serviva per l'irrigazione. Scendeva dalle montagne, in tubazioni di plastica nera e l'esubero si perdeva in rivoli che facilitavano la crescita delle canne. Ma stanotte, questa cosa non l'aveva ricordata, il rumore dell'acqua era entrato dentro il sogno e lui aveva immaginato di nuovo un piccolo corso d'acqua.

Guardò il canneto e i vasconi di cemento, l'alba arrivava da levante e per la prima volta camminò dandole le spalle.

Occorreva trovare le parole convincenti per dire quanto era bella Alassio. Gli scrittori, ne aveva letto uno, esule o disertore, vissuto a lungo in Portogallo, che aveva definito Lisbona sfavillante. Ecco, Alassio era sfavillante, e lui aveva sempre desiderato tornarci. Cercare la baracca di Chicù, sentire se oltre la finestra la luna russava ancora. Chiedere notizie del disegnatore delle isole. Chissà, aveva una ventina d'anni più di lui e lui era un vecchio.

Si fermò e mollò le braccia davanti agli scogli del Torrione dove l'uomo delle isole gli aveva dato lezioni di nuoto... Se mai l'avesse incontrato, gli avrebbe raccontato tutto, e avrebbe risposto alle sue domande, iniziando con l'ammettere che la fine dei binari non l'aveva trovata, perché i binari sono infiniti, attraversano montagne e vallate ubertose, come sosteneva quel Duilio Cossu, boschi di stelle e di mattoni, costeggiano spume di spiagge di altre regioni sfavillanti. E per tutte queste ragioni ora la fine dei binari non poteva più mettergli fretta e nemmeno paura. Gli avrebbe detto così.

Tornava a Sanremo? Forse sì, anche se non era così importante pensarci ora, tornare era un dettaglio. E il disegnatore di isole sarebbe stato d'accordo.

Non gli venne voglia di rinfrescarsi in mare, c'era tempo. Per ritrovare una mulattiera, ricordò che bisognava proseguire un tratto lungo i binari, a un certo punto c'era un passaggio a livello e di là dell'Aurelia la mulattiera che menava a Solva.

Non la ricordava così ripida, ogni tanto si doveva fermare per prendere respiro e orientarsi. In realtà gli pareva di non riconoscere più nulla, a questo punto sarebbero dovuti iniziare gli orti, e da qualche parte la dozzina di ulivi polverosi, attorno alla baracca di Chicù.

Chiese a un paio di uomini, neanche troppo giovani, usciti da una serranda in pantaloncini corti, scarpe da ginnastica, in procinto di iniziare la corsetta. I due ascoltarono e accennarono un sorriso, stupiti. Una baracca, coi pomodori? Chicù e un disegnatore di isole?

Si spazientì e confermò tutto, era inutile che ripetessero. L'uomo delle isole aveva una villa, le fughe di cemento tra una riga di pietre e l'altra.

E dov'era almeno la villa, lo sapeva? Chiesero assieme i due.

No, disse, lui la villa non l'aveva mai vista dal vero, solo in un disegno, e non ci aveva voluto dormire per una questione sua, che non c'entrava nulla ma poteva anche raccontarla: non voleva allontanarsi dalla ferrovia, ecco, tutto lì.

Insomma, lui aveva dormito nella baracca di Chicù.

I due ascoltavano, le mani sui fianchi, in procinto di iniziare la corsetta.

L'uomo delle isole si chiamava Carlo, era un bravo artista. E doveva star bene, disse, provando a trattenerli ancora un attimo. Gli aveva regalato un paio di sandali mezzi nuovi che dopo due mesi s'erano rotti e li aveva legati con lo spago, ma si continuavano a guastare e allora li aveva gettati. Non li aveva rotti perché erano di poca qualità, ci tenne a precisare, era lui che a forza di camminare sulla ghiaia delle ferrovie le scarpe le sformava.

Uno dei due disse che forse potevano aiutarlo, Alassio era irriconoscibile, ma una villa con la pineta e i muri di pietra... Allora lui spiegò di nuovo che non voleva andare alla villa, gli interessava la baracca di Chicù e sapere se Carlo aveva fatto la fine della baracca, ma era così, sicuramente.

Al termine di una consultazione tra di loro, gli sportivi dissero che sulla baracca non ci sperasse ma la villa di quel Carlo avevano capito di chi era. Era la villa di Carlo Levi ed era morto da almeno quarant'anni. Era stato un pittore e uno scrittore, e prima della guerra o durante era stato al confino, disse uno.

C'era stato prima, precisò l'altro.

Lei quando l'ha incontrato?

Non dopo la guerra subito, disse lui, l'ho incontrato che ero già un uomo.

Ai due piacque la suddivisione dei tempi, prima e dopo la guerra subito.

Il vecchio li vide ridere e un po' gli sembrò che lo prendessero in giro. In realtà, si resero subito molto utili, tirarono entrambi fuori il cellulare e cercarono una fotografia di Carlo Levi. Il vecchio si mise gli occhiali, si avvicinò a uno dei cellulari, si portò le dita alle labbra e fece un passetto indietro.

Il disegnatore di isole era dunque Carlo Levi.

Più o meno doveva essere mezzogiorno quando salì le scale di marmo della biblioteca.

Chiese, con il tono di una mezza urgenza, di poter vedere i libri e le fotografie di Carlo Levi, per favore. Si aspettava gli facessero firmare un foglio, come avveniva per le consultazioni, ma la signora inclinò la testa da una parte e volle sapere: «Quali fotografie, mi scusi?». E alla collega: «Abbiamo una collezione di fotografie di Carlo Levi?».

Nel mentre era giunto un altro bibliotecario, e l'informazione di costui fu che nel Palazzo Morteo c'era la pinacoteca di Carlo Levi, con un buon numero di tele, fotografie, disegni.

«Gliel'abbiamo detto» disse una delle bibliotecarie.

«Va bene, e disegni di cosa?».

I tre si guardarono e parlò il bibliotecario: «Ma di molte cose, animali, natura, tante piante, anche di carrubi...».

«E isole, ne disegnava?».

«Non mi pare, forse qualcuna, ma ha disegnato talmente tante cose, e ci sono le lettere e gli appunti, e anche la riproduzione di un ritratto che aveva fatto a Calvino...».

«Calvino Calvino? Lo scrittore? Volete dire che erano amici?».

Risposero le donne. Certo, lo erano, Calvino veniva a trovarlo ad Alassio, nella villa di Levi...

Il vecchio abbassò le palpebre e lo rivide fumare, sugli scogli al Torrione.

Il bibliotecario parlava per conto suo, il vecchio non ci faceva quasi caso, e i concetti venivano ripresi anche dalle bibliotecarie, volevano sapere se era sicuro che il suo amico disegnatore di isole era Carlo Levi, perché se era così era importante. E lui disse di sì, certo che era sicuro. Era lui, cribbio.

Annotò su un pezzo di carta l'indirizzo della villa, malgrado le signore gli avessero stampato tutto, anche le foto e altre cose. Prima di imboccare nuovamente il sottopassaggio, si sedette sul bordo di un muretto, gli avambracci sulle cosce, e prese a leggere un po' di cose stampate e a studiarsi le foto della casa.

Dopo un falsopiano la strada per Solva risaliva la collina tra le ville, fin quando sulla sinistra si alzò un muro tutto coperto di rampicanti e sulla destra la strada costeggiò una staccionata. In lontananza si vedeva un cancello, una riga di pini e una villa. Cercò la fotografia della villa di Levi, corrispondeva quasi tutto. Sì, il muro non era di pietre, o forse lo era ma da distante non si capiva. Le persiane erano marroni come la porta, e l'edificio si sarebbe detto composto da due sezioni costruite in tempi diversi, anche il tetto era doppio.

Si fermò e posò le braccia sull'ultimo tratto di staccionata, oltre non si andava. Allora tornò indietro, prese un'altra rampa di strada, accanto alla solita staccionata ci crescevano dei glicini e il vecchio appese la bisaccia a un'asse, sfiorò la vegetazione. Mentre si riposava, chiese delle informazioni a un passante ma costui non sapeva nulla. La seconda persona di passaggio, un uomo col cagnolino, disse che Carlo Levi era morto nel 1975, era uno scrittore famoso, l'avevano mandato al confino, e il vecchio lo fermò, sapeva queste cose, c'era tutto nei fogli, anche le foto. Ciò che desiderava era parlare con qualcuno che l'aveva conosciuto. Ma lo so bene che non sarà facile, disse.

Da quel momento, man mano che l'uomo col cagnolino rispondeva alla sua richiesta, spiegandogli che in realtà una possibilità c'era, il vecchio sentì crescere un sentimento di speranza. L'uomo aveva fatto qualche passo in disparte e stava chiamando col cellulare.

«Ora mi rispondono» disse.

«Chi le risponde, scusi?».

«Il figlio di una signora» disse l'uomo che aveva spento il cellulare ed era tornato dal vecchio. Il cagnolino non aveva voglia di star lì sul marciapiede, a sentir parlare, e tirava. L'uomo mollava un po' la cordina e prima di strattonare di nuovo verso di sé sorrideva.

«Lei l'ha conosciuto Carlo Levi?» chiese l'uomo.

Il vecchio disse perbacco, gli aveva persino regalato un binocolo e disegni, sandali, tutto andato perso, s'affrettò a precisare. «Perbacco se l'ho conosciuto».

La donna era rimasta nel suo giardino, di là della ringhiera, il vecchio appese la bisaccia a un ferro del cancello. La casa non era lontana, era una bella casa e anche la donna doveva essere stata bella. Il signore col cagnolino a quel punto salutò tutti, e il vecchio lo ringraziò. Sui gradini dell'ingresso apparve un giovanotto, alzò anche lui la mano e disse in dialetto: «Nonna, sono in garage, chiamami se vuoi, o entri di là».

Il mare, visibile quasi da ovunque ad Alassio, da quel punto restava dietro la collina, e la donna, se non guardava seria il vecchio, accennava un sorriso rassegnato come di chi un mare ha passato la vita a cercarlo. Siccome l'uomo col cagnolino l'aveva informata sulla richiesta del vecchio, la donna disse di essere stata amica di una bambina che viveva nella casa delle lettere. La chiamò sempre così, la casa delle lettere, ma non ricordava l'origine di quel nome. Forse, disse, era la casetta dove arrivava la posta del signor Levi? Di certo le competenze del padre dell'amica erano quelle del manente, curava il parco di Villa Levi e faceva per Carlo Levi altri piccoli lavori, trasporti.

Il vecchio non la interruppe fin quando la donna non raccontò che entrava spesso nel parco della villa con le amiche, ma nella villa no, e che girando tra le piante, vedevano il signor Levi partire di buona lena col cavalletto e le cose per dipingere.

«E le parlava?».

«No, quasi mai, eravamo bambine, ma il signor Levi ci sorrideva, aveva sempre il sigaro in bocca e quel sorriso mezzo triste, ma quando lo venivano a trovare gli amici rideva, eccome, allora dava davvero l'idea di un'altra persona, meno triste, anzi affatto».

«Ha fatto un ritratto anche a Calvino, facile abbia visto anche lui, infatti è questo che volevo sapere».

La donna disse: «L'ho letti i libri di Calvino, qualcuno, uno di sicuro, ora il titolo non lo ricordo... Certo che andava a trovare il signor Levi, io sul momento non sapevo mica tra gli ospiti chi fosse uno e l'altro...».

«E ridevano, dice, Calvino e Carlo Levi? Lei li ascoltava, e lo sa di cosa ridevano?».

«Stavano bene. Non posso dire di cosa parlavano, noi stavamo in disparte a giocare, guardavano il mare, che da loro si vedeva e c'è l'isola di Alassio... Noi la chiamiamo così».

«Lo so».

«No, non posso dire di cosa ridevano...».

«Se guardavano l'isola vedevano anche la ferrovia».

«No, la ferrovia non si vede... Per il resto avevano un cannocchiale e lo puntavano in giro».

«Allora anche nella Corsica».

«Oh, certo al tramonto, perché è al tramonto che esce».

Le chiese quando era nata e fece due conti.

«Faccio due conti» le disse.

«Che conti fa?».

«Ragiono e i conti vengono da soli».

«Ma cosa ragiona?» chiese la donna leggermente irritata.

«Ragiono su quanti anni potevo avere quando lei sentiva il disegnatore di isole e Calvino ridere».

«Quale disegnatore... È così importante sapere se ridevano?».

«È fondamentale, signora. Se guardavano il mare col cannocchiale e verso la collina dove entrano i treni, e ridevano, sì lo è, molto».

STAZIONE DI ALASSIO

Di fronte a una scarpata, non lontano delle vie perpendicolari al mare, abbassò un ramo e toccò qualche frutto. Erano acerbi e già avvelenati dagli scarichi del treno e delle macchine. Il fico faceva capolino ombreggiando l'asfalto e nell'aria si respirava il salino.

Il vecchio camminò fino a trovarsi, dopo l'Aurelia, sul mare. Siccome non c'era una sola spiaggetta libera, si vide costretto a entrare in uno stabilimento, attraverso il cancelletto colorato, e a lasciare il borsone a pochi passi dalla riva. Non s'era ancora tolto le scarpe che il bagnino l'aveva già rimproverato, spostare il bisaccione, lì no, andare nella spiaggia libera.

Il vecchio si grattò l'orecchia e lamentò di non averne trovate. E allora muover le chiappe, via il saccone, faceva il bagnino.

Al vecchio veniva da ridere, ricordando gli infiniti tronchi delle poesie, e ripeté: muover le chiappe e andar via, ma non ubbidiva, anzi si era tolto la camicia.

Che ne sapeva questo bagnino abbronzato e muscoloso delle tecniche di sopravvivenza di un vecchio pellegrino ferroviario? Cercò nel borsone i pantaloncini e andò a cambiarsi nello spogliatoio, le gambe magre e molto più bianche del petto, i piedi feriti che scottavano sulla sabbia.

Il bagnino nel frattempo era sceso dalla torretta di avvistamento e lo aspettò al ritorno, sulla riva.

«Cosa le avevo detto?».

«Di muover le chiappe».

Gli transitò davanti a testa bassa e avanzò qualche passo nell'acqua. Ammiccò un sorriso.

«Sorvegli il bisaccione, piuttosto, è tutto ciò che possiedo, e in caso mi fermi l'onda...».

Prima di tuffarsi si gettò ben bene acqua sulle spalle ossute. L'acqua era freddina, e il requiem dell'onda gli accarezzò le cosce dandogli un brivido. Si guardò attorno, era circondato dai bambini, palloni però non ne rimbalzavano. Un paio di madri lo osservavano un po' preoccupate, da debita distanza. Avrebbe voluto tranquillizzarle e sorrise. Seguitò, come per prendere coraggio, a lavarsi le spalle e il collo, le gambe e lo stomaco, alzava faticosamente un piede e lo puliva tra le dita – anche il bagnino lo teneva d'occhio –, e finalmente si immerse.

Ricordò a ondate, mentre era sotto e riemergeva, i giorni in cui le acque dei Bagni Paradiso formavano una piscina naturale e sua madre prendeva la cabina. Agitava ai lati le braccia, come se per procedere sott'acqua bisognasse spostare qualcosa. Ma cosa? I giorni della vita che ingombravano? Ed erano così tanti? Di certo erano leggeri, altrimenti non li avrebbe potuti smuovere da dov'erano. Mentre le stagioni dovevano avere un peso specifico diverso, contenevano troppi blocchi di tramonti posati sui fondali, e certe stagioni avevano persino legata alla loro base una rotaia, e nuotando sott'acqua se uno non stava attento ci prendeva una facciata, per questo lui preferiva nuotare a occhi aperti.

Una bella signora, senza bambini attorno, si preparò per una specie di tuffetto elegante e calmo. All'emergere, dissimulatamente, si premette appena il seno grondando un istante.

Al vecchio non sfuggì e le sorrise. Lei non restituì. Non raccolse neanche quando lui le disse: «Signora, come mai, di colpo, sott'acqua si sente tanta malinconia...». E il vecchio non insistette. Sbatteva l'acqua, meditabondo.

Calvino aveva fatto un accenno alla favola ferroviaria e allora ridevano? Facile. Il motivo per cui avevano riso la vecchia non lo sapeva, ma si può ridere come si ride di una stranezza: tanto tempo prima il disegnatore di isole aveva ascoltato da Calvino la storia del bambino pellegrino e un giorno gli aveva segnalato la coincidenza e spiegato che lui quel pellegrino l'aveva conosciuto. Dalle parti del Torrione aveva incontrato uno che esercitava le sue pratiche di nuoto, era di Sanremo, e nella vita, fin da bambino, camminava lungo i binari... Ecco, forse a quel punto Calvino non aveva più riso, non subito, e s'era toccato la fronte, interpellando i miracoli della letteratura... E da quel giorno, tra loro, sarebbe bastato uno sguardo per sentirsi complici e scatenare la risata di cui nessun altro avrebbe inteso le ragioni.

Ma a lui, ora, in tutta quell'acqua piena di malinconia liquida, non veniva da ridere. È che il mondo intero aveva riso di lui e dei suoi demoni.

Quando emerse, dal quinto o sesto tuffetto, al posto di tornare a riva camminò ancora un po' verso il largo. Seguirono poche bracciate stanche, e dove non toccava più si voltò a fare il morticino, spalle all'isola, per vedere la collina di Solva.

La vecchia gli aveva rivelato qualcosa di tremendo. Una specie di tradimento. Perché il fatto che Calvino e Carlo Levi avessero riso di lui era un tradimento. Guardavano la collina, il poggio sovrastante la galleria e ridevano...

Era stato nel parco della villa, tra i pini, che Carlo Levi aveva dipinto il ritratto di Calvino? Neanche questo gli aveva saputo dire, come faceva a saperlo quella vecchietta? Ma doveva essere così, sì, nel parco, e poi al tramonto cercavano le cose lontane e ridevano.

Una sola persona al mondo non ha riso di te.

Si nuotava su quella distesa di sabbia arrugata come la fronte di un vecchio, e sott'acqua gli occhi aperti si alimentavano di malinconia, di coralli e cadaveri di piccoli crostacei.

Quando tornò si accorse che le grida del bagnino erano dirette a lui. Ma non era preoccupato, respirava libero, in un'impressione di essere già fuori tempo. I ricordi dei Bagni Paradiso sciolti nello strano salino di Alassio, colavano dalle narici e dagli occhi... Assaggiò un sorso d'acqua, non era dolce, ma neanche salata, era un'acqua appena salmastra, com'era possibile?

Sputò dopo aver effettuato un sonoro gargarismo. Le donne lo guardavano. Disinfetta la gola, disse divertito. Accennò un sorriso al bagnino, passandogli accanto, cercò una maglietta nella bisaccia per asciugarsi i capelli e attese che l'aria seccasse anche il resto del corpo. Il bagnino era risalito sulla torretta e il vecchio alzò la faccia e gli rivolse qualche parola. «Senta, ma a me pare manchi qualcosa a questa spiaggia... Manca qualcosa?».

«Cosa crede, lo scorso anno il mare s'è portato via una fila di ombrelloni». Sembrava di colpo più docile, non brontolava più.

Dopo aver indossato la camicia il vecchio si passò la mano sui polsini e le maniche, tolse qualche ruga, lo faceva di rado, ma oggi partiva per la seconda volta da Alassio ed era un evento. Si sistemò il colletto, la bisaccia a tracolla, le scarpe e le calze in una mano.

Accanto alla scaletta di legno c'erano un rubinetto e una conca, si lavò i piedi, allungando il passo per non rimetterli nella sabbia e si sedette sul gradino. Tolse un po' di sabbia tra le dita e, mentre le caviglie si asciugavano al sole, guardò a lungo la spiaggia e l'isola. Il bagnino dalla torretta si occupava di qualche inadempiente.

Pensava alle esagerazioni e alla ragione di Carlo Levi, di attribuire a ogni quota un'isola diversa. Scrollò le calze, senza fretta, e il respiro del legname delle cabine, gli odori della saponetta, quello delle creme solari, si fecero anch'essi le ragioni senza tempo.

Le scarpe (i vecchi mocassini, perché gli scarponcini d'estate gli tenevano troppo caldo e li portava nella bisaccia) erano tutte impolverate, così tornò al rubinetto, ne aprì una fila e strofinò le tomaie di cuoio. Si rilavò le mani con la saponetta, era prossima a sciogliersi nel piattino e liberava un'essenza finale, la odorò a lungo e abbassò le palpebre. «Ha finito?» disse una signora col bambino.

Il marciapiede del Muretto era un'antologia di piastrelle dedicate a cantanti, scrittori, attori, musicisti, sportivi. Qualche nome l'aveva letto sulle riviste abbandonate sulle panchine, facce da festival della sua città, di alcuni ne conosceva i volti, di altri neanche la voce. Parecchi non c'erano più.

«Sott'acqua si inseguono i coralli» disse a una coppia di passanti. I due sorrisero e tirarono dritto. Avrebbe voluto parlarne a qualcuno, ai due che gli camminavano davanti. Dove stava andando. Tornava davvero a Sanremo? Cosa mi ha riservato, brava gente, il mio inventore, per farvi ridere ancora un po'? Giungo a Sanremo, la sfioro e tiro dritto, salgo su un treno, senza biglietto, e scendo a Port Bou, o già che ci sono non mi fermo più fino a Lisbona?

Poi, Sanremo, come idea, lo affascinava troppo. Secondo me te lo chiede il mondo di fermarti a Sanremo. È tutto segnato, torni al principio della favola perché così è stato. E non c'è niente da ridere. Sei uno che ubbidisce. Tutto lì.

Invece, una volta in Toscana gli era stato chiesto di ripensarsi.

Al fondo del sottopassaggio risalì le scalette che davano sul suo binario. L'occhio cadde sulle macchinette per vidimare i biglietti e gli venne in mente che anche a lui era sempre sembrato di timbrare un cartellino.

Era bella la stazione di Alassio, con le panchine di cemento e i piccoli pergolati, un festival di rotaie in ogni loro espressione: a doppio fungo, con la giunzione isolata per i circuiti elettrici;

a saldatura continua, attacchi elastici, a piastre e bulloni. Le conosceva bene queste cose, anche i periodi in cui le squadre di manutenzione usavano i diserbanti, era verso maggio, a volte prima. Conosceva i giorni in cui volavano le foglie sui binari e gli scali merci dove dormire se il freddo li gelava, e qualche mese dopo li toccava per sentirli scottare e potersi dire di non capirci più nulla, perché gli sembrava che il tempo fosse volato e invece aveva camminato solo da una stazioncina alla seguente. Nelle aree smistamenti dove scomponevano i treni, a volte trovava una coperta, una mezza bottiglia di grappa nascosta dal manovratore. Riconosceva le locomotive un tempo in funzione e poi un giorno, inspiegabilmente, abbandonate, e i movimenti delle bande dei murales: di solito erano pacifici, ma non tutti. Non sempre s'era difeso, una volta era stato picchiato selvaggiamente. Ma in altre occasioni aveva dovuto rompere una bottiglia perché l'avrebbero ucciso. Era un solitario, e i binari erano lì per tutti.

Spiccò il saltino sulla ghiaia scricchiolante, sentendo fin da subito una strana stanchezza. Eppure s'era riposato, il bagno e il sole l'avevano tonificato, il Muretto di Alassio e la visione di qualche bella donna al mare l'avevano messo di buon umore. Cosa c'era allora, la consapevolezza di aver provocato le risate di Carlo Levi e Calvino? Ancora questa storia? No, erano altri residui, una stanchezza accampata nei giorni precedenti, era per aver accettato l'idea dell'infinità dei binari. La coscienza.

Si fermò a guardare un paio di binari tronchi, spiaggiati nello slargo, non contavano, non servivano più. Facevano ridere. Non binari morti, erano solo tronchi, perché un binario tronco continuava a conservare un'immagine di infinito, e la poesia degli infiniti tronchi.

LA FINE DEI BINARI

Prima di addormentarsi nel solito canneto a ponente ascoltò la notte. C'erano le rane, come prima di Alassio, e l'aria odorava di torrente, di capelvenere. Aveva camminato molto in salita, quel giorno, era stata una giornata piena di sorprese, e gli venne sonno quasi subito.

All'alba cercò la Corsica e alzò le spalle. Se non c'era, difficilmente l'avrebbe vista al tramonto.

I binari per un lungo tratto non passavano lontano dal mare, nella notte l'aveva sentito, le spiagge coperte da una riga di palazzi, e a monte la ferrovia distribuiva cortili, recinti e tettoie, un piccolo orto dai cui muri facevano capolino i rami di un limone. Certe piante ferroviarie mettevano radici nel cemento, nella ghiaia, si nutrivano dei tremori della terra e la fronda ne assorbiva la ruggine.

Gli venne in mente di spremerne uno nella bottiglia dell'acqua e dissetare l'intera giornata, ma sarebbe stato complicato, bisognava salire sul muretto, aggrapparsi alla rete, era giorno e prima o poi dai poggioli dei palazzi si affacciava qualcuno.

La galleria apparve dietro una leggera curva, non distante dalla città di Laigueglia, e a quel punto aveva già cominciato a ragionare sulle modalità di risalita del colle.

Il saliscendi per i passaggi stretti e recintati lo allontanò di poco dai binari, e uno dopo l'altro, anche se era cambiato tutto, poteva riconoscere i luoghi che tanti anni prima aveva percorso in senso inverso.

Si parlava così spesso della Liguria sbilenca di Calvino, tutta scagliosa, tutta scale e gradazioni ascendenti, tutta sequenze, ma la sua Liguria, la regione sognata per lui, anche quella collinare che stava risalendo, finiva per disegnare solo una doppia linea dritta – a tratti impercettibilmente curvante, provvista di passaggi a livello, e sotterranei su cui poggiavano sottopassaggi e sottostazioni –, e perfettamente noiosa. Da qualche parte, in biblioteca, aveva letto che nel descrivere le proprie ossessioni il suo creatore aveva spalmato le colline di Sanremo di oggetti, palazzi e di altre scale rialzate alla rinfusa.

A lui *Le città invisibili* mica era piaciuto. E aveva compatito chi aveva perso così tanto tempo a scrivere libri su quelle città invisibili. Lui aveva conosciuto solo città cantiere, e nel guardare crescere queste città era passata la vita, nella misura in cui i palazzi e le case, ora che tornava verso l'infanzia dei binari, gli apparivano costruzioni precarie e vecchie quanto lo era lui, oggetti scoloriti, in attesa di un restauro o dell'abbattimento totale, per rifar posto ad altre novità, ad altri oggetti narrativi.

Fin quando non successe qualcosa di inaspettato e una volta ridisceso il pendio di Cervo, oltre la piazza da cui i pescatori avevano sognato i coralli delle Sanguinarie, e poi giù, attraverso le ultime sghembe scalinate fiorite, egli, in quell'epica di nostalgie porticate, alla ricerca disperata di riferimenti, non li trovò. Non trovò nulla. C'era la galleria, il pavimento di ghiaia, i muri coi reticolati arrugginiti, persino i limoni, e non c'erano più i binari.

Entrò nel buio, cercò i fiammiferi, ne aveva sempre un paio di scatole con sé. Ne accese uno dopo l'altro, non ricordava una galleria così lunga. Detestava le gallerie, in realtà non ne aveva quasi mai percorse, entrava nei primi metri e se trovava spazi laterali ci si infilava, ma la galleria intera no, a meno che non fosse una cosa corta corta e l'arco di luce non garantisse uno spazio sufficiente, un bordo di cemento calpestabile. Senza queste condizioni decideva di risalire il colle, ma ormai non importava, la galleria era senza binari, senza treni e il buio ingigantiva i rumori, scorreva molta più acqua che dentro una galleria attiva, le correnti d'aria filtravano da ovunque e gli spegnevano i fiammiferi. Una galleria inutilizzata da anni e ormai in rovina.

Proseguì anche dopo aver consumato l'ultimo fiammifero, chinandosi ogni tanto a tastare la ghiaia bagnata e cercare con la mano il ferro gelido del binario, la traversina... Non occorreva, camminando li avrebbe sentiti. E non c'erano. Una galleria marcia di pioggia, il solco lungo e i solchetti, di traverso, lasciati da una preistoria di traversine e binari, una gengiva senza denti.

Tornò a ponente, all'inizio, alla crescente luce proveniente dall'entrata di Cervo, e l'accolse poco più del pallore di un tramonto di pini. Lassù, di fronte, c'era Capo Berta e prima ancora Diano e San Bartolomeo. Andò a passi lenti, in un'impressione di stanchezza, il cuore sbuffava più del solito e la gola bruciava.

L'effetto più banale di una ferrovia depredata dei binari stava tutto in quell'unica assenza, e malgrado tutto fosse muto e l'aria non avesse più tremato, abituarsi all'idea di una ferrovia deserta non era facile. Camminava temendo continuamente che da un momento all'altro, per qualche infernale e assurda beffa ferroviaria, potesse sopraggiungergli alle spalle o davanti un treno impazzito, strisciante sulla ghiaia, come per inerzia, destinato a deragliare a pochi metri dalle sue caviglie. Un viaggio costretto a fermare il suo impeto nella scarpata... Si sporse. Gli arbusti nascondevano cartacce e bottiglie, e sotto o al fianco passava l'Aurelia, e sotto ancora, oltre i palazzi c'era la sabbia e il mare.

Trovò la stazione di Diano Marina, orfana della ferrovia, sprangata e deserta, la ghiaia menava all'entrata di una galleria sormontata da Capo Berta, di cui se ne riusciva a vedere a malapena la fine. Più vi penetrava più avvertiva il rumore della ghiaia scricchiolare sotto il suo passo, gli echi provocati dalle filtrazioni dell'acqua.

Quando in lontananza esplose la luce, alla sua destra si materializzò uno slargo, occupato in gran parte da cataste di spondine e rotaie, e sentì un grugnito. Un cinghiale?

Uscì in punta di piedi e non fece in tempo a riabituare gli occhi alla luce che lo riaccolse il buio.

I grugniti erano scomparsi, si camminava su cocci di bottiglie e le bottiglie intere rotolavano nei solchi. Decise di cambiarsi i mocassini. Gli scarponcini erano malandati, la suola si scollava, siamo alla fine, pensava sempre, e tuttavia per camminare sui vetri andavano meglio.

Si mise a parlare a voce alta, a sentire gli echi.

Vedi la luce al fondo, la vedi? Non è distantissima, è solo che lì davanti fa la curva...

Trafficava coi pensieri, esercitando i suoi occhi arrossati e abituati al buio.

È l'ultima del giorno.

In effetti, era l'ultimo timido infilarsi di un silenzio arso.

Ora lo sai di nuovo cosa erano i tramonti ponentini. E hai fame e sete...

La mano tra le cose della bisaccia cercò la forma cilindrica della bottiglia, sorseggiò, lasciandone un po' per dopo. Sapeva bene che in circostanze normali, ogni cinquanta passi si poteva contare sulla luce gialla di un faretto. Ma tolto il pericolo dei cinghiali, il resto e tutto quel buio completo non lo preoccupavano più. Ci sei diventato vecchio sottoterra.

Una ferrovia mutilata non aveva più segreti, e il piede aveva imparato a evitare l'inciampo nel solco. Si fermò per riascoltare l'eco delle parole, separato da quello dei passi. La schiena al muro, le mani trovarono la patina fangosa delle pietre. Il silenzio gocciolante si popolava di voli: pipistrelli, insetti. Tastò prima con gli scarponcini, di modo che per terra non ci fossero vetri e si lasciò andare lungo il muro. A ridosso, dentro il bordo di cemento passavano i vecchi tubi dell'energia elettrica. Ci si sedette accanto e coi piedi puntava la base della ghiaia che saliva a formare il dosso.

E se fra poco esci, se molli tutto?

Gli venne da ridere.

Metti invece ci siano. Parla, cosa ti farebbe ancora fare, se fra poco inciampassi nelle rotaie? Passeresti di là? Dillo, che disubbidiresti... Facile. Trovare l'inizio non era trovarne la fine?

La stanchezza, nient'altro, non un ragionare, era un tormentarsi che durava da quasi un secolo.

A volte, la notte, davanti alle spume e ai desideri, sullo spavento del mare intero, si chiedeva cosa ci fosse, non di là dei binari, alla fine della ferrovia, ma oltre un sistema ferroviario diretto ben oltre Sanremo, verso un ponente più lontano, che non aveva scelto... A un certo punto, come succede in Spagna, che oltre il confine di Port Bou le rotaie sono più larghe o più strette per impedire un'invasione.

Delle foto guardate sui libri e sulle riviste della casa editrice dove aveva lavorato Calvino, ne ricordava alcune di un autore tedesco (non l'aveva mai letto, giusto il nome, Walter Benjamin, e qualche notizia sulla sua povera fine), tedesco ed ebreo, portava occhialini rotondi e viaggiava attraverso l'Europa. Quando lui nasceva dai sogni di Calvino, Benjamin si trovava a Sanremo, ci avrebbe soggiornato a più riprese, prima della guerra. Egli queste cose le ignorava e sapeva solo che il viaggio di Benjamin si era interrotto a Port Bou, dove si interrompeva il sistema ferroviario. E siccome nessuno l'aveva mai informato, mai più avrebbe immaginato che era proprio da costui, da Benjamin che dipendeva il suo interesse per la lucertola ocellata. Era stato Calvino a parlarne a Carlo, il disegnatore di isole, e a raccontargli che da bambino Benjamin e lui l'avevano cercata. Il racconto della lucertola blu aveva affascinato Carlo Levi e poi il vecchio. Ripreso il viaggio verso levante, aveva setacciato col binocolo scogliere e pietrai, il verde e il rosa dei cistus, e il blu del mare e dell'aria ferivano giorni interi. L'aveva vista, non dal vivo, la lucertola ocellata l'aveva visitato durante le notti di febbre, l'occhio feroce da sauro, l'aveva sentita ridere in silenzio, e ne aveva annusato l'odore putrefatto...

Essere di là del sistema ferroviario e incontrare suo padre, del quale non ricordava quasi nulla, e sua madre, Gino, chissà Gino, e il vecchio, quel vecchietto toscano che se ne stava in piazza Bresca sulla panca a minacciare di forare la palla se ripassava dalle sue parti... Forare, sfiorare, ma che lingua parlate, gli chiedeva Gino.

O, Ginetto grullo, sai che sei davvero bruttino, replicava il vecchio.

Sono arrivato anche io, papà, mamma. Amici di piazza Bresca, sono qui... Bravo merlo, gli avrebbero detto. Forse la vita di là è solo una magia di cose sentite, giunge un silenzio di musiche e voci, e tutto ciò che di qua uno dice e pensa di qualcuno di là, di là si percepisce, per questo, una volta di là, ci si mette un po' a chiedere scusa ai morti. Scuse accettate, anche loro del resto da vivi hanno pensato chissà quali cose strane dei morti, cose poco belle, via, si sa, le cose della vita dei vivi sulla vita dei morti quando vivevano... Si dice in Liguria: *parlandone da vivo*, proprio per poterlo fare. E forse anche di là non diranno delle cose sulla vita dei vivi e poi quando arriva uno morto da poco i morti gli chiedono scusa?

Tu non vuoi perderlo il contatto con il senso di marcia, vero? Cosa dici? Bevette. Cercò con la mano un appoggio e si issò, faticosamente. Si fece scendere sulle mani un po' d'acqua, e proseguì.

ONEGLIA E PORTO MAURIZIO

L'aria pulita e tiepida lo catapultò sulla risatina del mare.

La Galeazza crollava per frane di muri e le ville e i pini orlavano a levante un pezzo di baia su cui galleggiavano chiarori, chiazze all'apparenza color della terra, fino al largo. E ben sopra dovevano esserci Capo Berta e l'Alpicella, ma lui non lo sapeva.

Prima dei cartelli di Oneglia la ghiaia penetrò un'altra galleria. La stazione non veniva quasi illuminata, le porte chiuse da tavole e catene, l'erba cresceva sulla banchina e lungo lo scalo merci c'era accatastata una quantità di rotaie. Ovunque, regnava un disordine di altri materiali, cavi, sciolti e a rotoli, locomotive arrugginite. I muri pieni di scritte.

Si sedette su una panchina, al binario 2, fissò i solchi nudi. Qua e là, al posto delle rotaie avevano sdraiato tubazioni di gomma, di color nero, le guardò e si dissetò.

Di Porto Maurizio appariva la base della collina, tutta conficcata di luci, e sull'Aurelia, sopra il tracciato ferroviario, non di rado sfrecciava una macchina con le sirene. Tolta la ghiaia, del periodo in cui aveva attraversato quel tratto di ferrovia non restava nulla, non avevano salvato neanche gli edifici dei casellanti, quelli color porpora, trasformati in vere e proprie villette, i colori liguri, verdi, rosa, con un giardino attorno e le tettoie, e dotati di un cancello al posto del passaggio a livello.

Dall'Aurelia faceva capolino una fila di pini marittimi, le cui fronde, pericolosamente piegate sulla ghiaia, liberavano un notturno brusio di cicale, e il rumore del traffico si alternava al risciacquo del mare.

Accanto alla sbarra del passaggio a livello inutilizzato, in prossimità della base della collina, sostò a leggere un cartellone imbullonato in alto nel muro. Una crosta chiara, sormontata dalla luce di un lampione: dai bulloni e dai blocchi di pietra squadrati colava una ruggine antica.

Andò sotto e lentamente ripeté a voce alta, come ne avrebbe eseguito la lettura un bambino.

Por-to Mau-ri-zio.

La stazione la ricordò bene, erano sopravvissuti un bel po' di alberi esotici, dovevano essergli sembrati molto più grandi, allora, o al contrario, quando li aveva visti potevano essere stati appena piantati. Le piante più alte, quelle dalle foglie lucide, nascondevano in parte la rupe del Parasio, conficcata di luci verdi, e il Duomo con la sua aria di navicella spaziale.

I bagni neanche li cercò, si portò direttamente dalle parti della catasta di binari, nello slargo prima della galleria, là orinò.

Fece un giretto sotto il paio di lampioni. Il tipo di traversine tolte era quello con il gancio imbullonato. Odiava quel tipo di traversine, una volta da bambino d'estate camminava lungo i binari a piedi nudi e il piede destro s'era incastrato in un gancio. Si chinò e ne sollevò uno. Non si era mai capacitato dell'utilità di questi ganci, tentò di toglierlo, di sfilarlo dalla traversina, ma era impossibile, c'era come saldato, anche se si muoveva da una parte all'altra, in alto e in basso, quasi libero.

D'altro, erano rimaste giusto le cose difficili da portare via da una stazione morta: la fontana e una vasca di cemento, tutta orlata, di quelle che contengono i pesciolini rossi; la dozzina di piante cresciute a dismisura, lateralmente, non in altezza, come per un accumulo di desolazioni e di linfe provenienti da chissà quale vita parallela. Queste radici viaggiavano scoperte, alzando i pavimenti e strangolando un'ampia oggettistica fatta di grondaie e ringhiere.

Decise di passare la notte sotto la tettoia, sull'unica panchina sopravvissuta al vandalismo. Come guanciale sistemò lo straccio di maglia e il giubbotto lo tenne a portata di mano per girarselo sulle spalle se gli fosse venuto freddo. Il borsone legato alla cordina e la cordina al polso – il rito della ritirata –, poi passò la cordina sotto di sé, in modo da nasconderla. Per derubarlo l'avrebbero dovuto strattonare.

Nel sonno gli era parso di sentire un gallo, ma era impossibile, l'edificio era situato al centro della città. Freddo non ne aveva sofferto e la luce del giorno materializzò in fretta il resto di un paesaggio noto: locali dalle vetrate rotte, i muri pasticciati. Le cataste di spondine e rotaie scintillavano al sole.

Dalle scalinate spuntavano i volumi di piante piene di radici e di quel genere di palme più basse e tozze, scelte per sostituire i cadaveri delle palme amputate, solitamente alte e più magre. Le palme decapitate, tuttavia, resistevano e gettavano sull'asfalto un'ombra lunga. Qualcuno, aspettando l'alba nelle stazioni, gli aveva detto che ultimamente un animaletto si divertiva a divorare il cuore delle palme. Un animaletto che pasteggiava a palme, via. Poi si era informato in biblioteca e aveva scoperto che era così, era un animaletto sul rosso, con un beccuccio terribile e affamato di legname tenero di palma.

Le piante delle ferrovie crescevano per accumuli o trovavano un assassino.

Li conosceva bene gli insetti della campagna, l'orologio dei rumori animali funzionava quasi meglio di quello della luce, l'estate gli insetti riempivano di brusii diversi ogni ora della notte e del giorno. Insetti e rane si davano il cambio, poi era il turno dei merli e degli usignoli. Solo più tardi toccava ai gabbiani.

I binari non c'erano più, scomparsi persino dall'immaginario, e il vecchio sbadigliava.

La polvere e le catene alle porte, alle serrande dei locali della stazione di Porto Maurizio: le sale d'attesa, il vecchio bar, era tutto sprangato. Nella sala delle manovre s'erano dimenticati qualche piccolo macchinario, unto e inservibile, leve, prese della corrente, fili staccati. Ci guardava da fuori, facendo schermo contro le vetrate sporche.

Gli era presa una gran voglia di risalire la scalinata, imboccare la via dei negozi che gli pareva di aver già percorso – non era sicuro, ultimamente confondeva tutto, spiagge, piazze, stazioni, ci gioca la sindrome del ritorno, si diceva – ma poi un desiderio del genere gli era passato di mente.

Dall'Aurelia, oltre le scalinate, dovevano partire un paio di strade minori e lastricate, ogni vetrina una palma. Una delle strade faceva una schiena d'asino, e verso ponente, il pomeriggio, sulla facciata bianca di un teatro, coi suoi marmi e i suoi cornicioni, ci moriva il sole. La strada scendeva poi attraverso un solco incassato tra i palazzi, e ritrovava l'Aurelia, i binari e le rive di un torrente sempre secco.

Poi, mollare il tracciato di ghiaia per percorrere le vie di Porto Maurizio avrebbe significato allungare, aggirare i costoni interni, senza sapere se da qualche parte, dentro la galleria, ripartivano i binari. Mentre entrava nel buio e ragionava si accorse che stava pensando alla morte e ai binari morti e ad altre cose finali del genere. Una stranezza, perché non si interrogava quasi mai sulla morte. Il registro imposto dal suo inventore era piuttosto quello dell'esplorazione del mondo effettuata dal bambino. Era un registro adoperato dall'innocente, le meraviglie e le palme, le isole e la luna, e tutto quel tramonto guardato dal bambino e dalla madre sul terrazzo di Sanremo.

Il residuo di salso che aleggiava sulla vecchia stazione aveva lasciato il posto all'odore vecchio e umido di caverna. Da giovane, camminando là sotto avrebbe alzato gli occhi allo stillicidio e si sarebbe chiesto: chissà chi ci vive qui sopra. Chissà il bambino che dorme nel suo lettino abbracciato al pallone. Ma questo non era pensare alla morte.

Sbucò alla foce del Prino e desiderò riposarsi un po', sebbene il tratto di galleria fosse stato breve. Le braccia sulla ringhiera, guardava la spuma del mare e poi la valle. Sulla spalliera che chiudeva la Val Prino come un cancello, Calvino aveva fatto il partigiano e forse era lì che aveva immaginato le avventure e i percorsi di Pin. Gli veniva voglia di scendere una scaletta ed entrare in acqua, ma non si decideva, forse perché stava bene anche dov'era, il sole lo scaldava e si vedevano un po' i monti e un po' il mare, e la mattinata passò senza che se ne accorgesse. Quando si rimise in cammino e guardò la città, vide che il verde delle persiane nell'intonaco maestoso del Parasio splendeva, e le ombre delle logge erano un ritaglio obliquo. E lui, al di là di tutto questo ora aveva fame, e lungo e sotto quel tratto di ghiaia non c'era nulla, un chiosco, un orto.

Alla base della rupe seguente, la lunga incisione che era stata la ferrovia formava altre spiaggette di scogli, e si rivedeva verso levante l'allungo del molo di Porto Maurizio, sormontato dai fari bianchi. Prima della galleria, imboccò il sottopassaggio che menava a una delle spiagge, e scese la scaletta.

ALL'ALTEZZA DEL FERROCARRIL

Usare il sottopassaggio fu un gesto istintivo e piuttosto banale. Che senso aveva, uno si rifiutava di attraversare i binari, ma poi se non li trovava più decadeva un ingaggio...

Da ragazzino faceva il gioco dei passetti da una traversina all'altra. La misura perfetta del passo, il piede dietro che rimaneva un istante nel passato e l'altro – sul bordo esterno della traversa seguente –, che si posava nel futuro. Un tempo le traverse erano di legno, dotate di stupidi ganci, ora le facevano di un calcestruzzo armato precompresso, gli aveva spiegato un ingegnere delle Ferrovie dello Stato. Le altrettanto stupide scritte, sigle e codici, incise sul calcestruzzo, invece restavano un mistero. Forse servivano agli apprendisti come lo era stato lui, e indicavano un calcolo, un regolatore di passi. Per esempio: per il bambino era un A-B-A-B, mentre la gittata del passo adulto era superiore: il passato sul bordo della traversina A, il presente sorvolava la B e il piede si fermava sul bordo della C.

La misura del passo da vecchio, invece, si faceva incerta e poteva succedere l'imprevisto: che dalla A il piede si fermasse sulla traversina B, o proseguisse e nello slancio andasse a sfiorare il bordo della C. Ma da San Bartolomeo in poi era saltato tutto, il vecchio piede, smarrito, cercava un riferimento e trovava solo la ghiaia.

El Ferrocarril possedeva un bel dehors di arcate di calce, rassomigliava a un bar in stile andaluso. Che ne sapeva lui di

Andalusie. L'avevano chiamato così, qualche appassionato della Spagna, per legarlo alla presenza dei binari? Ma ora la ferrovia non ci passava più.

Spinse il cancelletto di uno stabilimento, cercò il lavandino e lasciò scorrere un po', prima di bere. Riempì la bottiglia. «Dev'essere piena di cloro» disse alla signora che aspettava col nipotino per lavargli i piedi. Ne tornò a bere qualche sorso, e per far ridere la signora, aggiunse: «Un po' dicono tolga anche la fame».

Dal bar assieme alla musica arrivava un odore di focacce e pizzette, un cane randagio girava tra i tavolini. Lui non aveva mai avuto un cagnolino. Lo chiamò.

Lo sa che sei come lui, certe cose si annusano. Se lo sentiva chiedere ogni tanto, forse perché i vagabondi si facevano accompagnare volentieri da un cagnolino. «Lei non ha un cane?».

Soleva rispondere con un verso rubato da qualche libro, per vedere che effetto faceva.

«Io, brava gente, sono io il mio cane».

Vecchia lenza, gli piaceva stupire, dire le cose alla spiaggia e poi essere certo che ci stavano a pensare. Gli piaceva stupire e nello stesso tempo gli spiaceva si ridesse di lui.

Tirò fuori qualche spiccio e comprò un pezzo di focaccia oleosa. Ne staccò un pezzetto dalla crosta, lo diede al cane, ma era un cane sazio.

Oltre la galleria, si fece scaldare dal sole. Emergevano rovine di torri dal mare, e fin su a mezza costa risaliva una gradinata di serre e ville, l'autostrada tagliava la montagna più in alto. Immaginò ricche falde acquifere perché le infiltrazioni della galleria l'avevano costretto a rasentare il muro e saltare pozzanghere.

Alzare gli occhi ai costoni era il suo esercizio, e d'estate, prima della cena, amava mettersi controsole davanti alle rupi riarse e le crepe ormai nell'ombra.

Del fianco di Porto Maurizio, rimasto dietro la collina di San Lorenzo, non si vedeva più nulla, ma doveva rabbrividire in quel modo. Pensò a tutte le volte in cui andando verso levante l'aveva sorpreso l'opacità raccontata dal suo creatore, e allora, per capirne le parole e gli archi, aveva pensato ai colori e alle vallate che vedeva ora, a San Lorenzo, e fra poco, a quella di Riva, Santo Stefano.

L'angoscia come l'aveva sentita a Cervo. Cos'altro gli avevano combinato stavolta?

Oltre la galleria, allagata e chiusa da un recinto, che per uscire aveva dovuto piegare la rete, dopo qualche decina di metri non c'era più la ghiaia, non c'era più, e al suo posto trovò una stupida strada asfaltata, tutta frequentata da camminatori e ciclisti. L'asfalto marrone con le righe a separare disciplinatamente il doppio senso di camminamento, in mezzo permetteva la circolazione delle biciclette. C'erano le fioriere, le panchine e una ringhiera proteggeva dal balzo sul mare; ogni cento passi una scaletta scendeva sugli scogli e un'altra risaliva all'Aurelia.

Da qualche parte suonava la campana di una chiesa e, in mezzo a tanto stupore, lo sfiorò il ricordo dell'*Ave Maria*. Era bambino, era ancora Sanremo, e l'*Ave Maria* della Madonna della Costa radunava i contadini. Lui e Gino li vedevano staccare, raccogliere gli arnesi e legare i pesi sui dorsi dei muli. Li aspettavano dal lavatoio, le bestie bevevano e la colonna andava un tratto in piano come su una ferrovia, poi scendeva a valle.

Posò la bisaccia, gli avambracci sulla ringhiera e guardò là davanti, come per vedere la Corsica e capirci qualcosa.

Un signore di mezza età lo affiancò e strattonò leggermente la ringhiera.

«Ci possiamo fidare?» gli chiese il vecchio.

«Quando ce ne andiamo c'è ancora» assicurò l'uomo. In realtà smuovendola un po' per accertarsi della solidità, la struttura in ferro, rosa dal salso, aveva vibrato pericolosamente.

Poteva chiederlo a costui, senza domande, con un commento qualsiasi che riguardasse l'attualità di quella sostituzione, o il fallimento della Corsica, anche se per dire che stasera non spuntava era ancora prestino. E le solite cose salate che a uno sembra di dire chissà che cosa, quando il liquame dorato affonda e il peso a volte espelle l'isola di sughero. Si sporse appena dalla ringhiera e ammiccò un sorriso alla base degli scogli dove si agitava un fondale di insalata marina.

Lo stacco della luce dalle crepe e le mineralità erose e tutto ciò che forse faceva assomigliare quella costa a una qualsiasi altra costa, scogliera, pietraio, agave, alga... No, pensò, non era mica una questione di asfalti al posto della ghiaia, era solo che era giunto dalle sue parti. Tutto lì.

Le mani a un metro da quelle dello sconosciuto, mollò prima lui la presa, il bisaccione a tracolla, e andò lentamente, i piccoli passi del bambino. La mano sinistra lisciava la sbarra, sentendone i grumi di ruggine e quelli della patina oleosa lasciata dal salso. Terminato il ferro iniziò una palizzata di travetti di legno, da giardino, e ne accompagnò allo stesso modo la superficie rotonda, pronto a ritirare la mano dove il travetto annunciava una scheggia.

No, in realtà lo sapeva bene come stavano le cose. La ferrovia spostata a monte, certo, le notizie circolavano da tempo nelle sale d'aspetto e tra gli operai delle squadre di manutenzione. Ma lui a queste cose non aveva mai dato importanza, fino a poco tempo prima il ponente era quanto di più lontano ci fosse stato nella sua vita. Se provava a figurarsi Sanremo, non riusciva nemmeno a immaginarlo un luogo, ma piuttosto una stagione.

Giungevano odori forti, lecci, glicini, l'aria senza passaggi di treni era pulita, contaminata solo dal mare. Senza la ghiaia veniva a mancare l'ultima immagine di ferrovia, e lui poteva respirare forte la vegetazione attorno, e sentire che poteva farlo esattamente nella maniera in cui la mancanza di binari e ghiaia sottraeva al paesaggio ogni rimanenza ferrosa di ferrovia.

Una coppia di signori eleganti (lei coi bastoncini) gli veniva incontro. Disse loro la cosa più banale che si potevano sentir dire: aveva nostalgia della ferrovia, e si sistemò il colletto della camicia, le mani dietro, inclinò la testa da un lato.

L'uomo e la donna se la risero. Vuol mettere adesso, disse la donna.

Gli venivano in mente le marine di certi quadri di Berrino, viste ad Alassio, e le parole di un romanzo. La luce radente. Le usava lo scrittore di un paese più a ponente, uno che pareva dovesse molto a Calvino. Sorvolava gli ulivi il suo cuore lichenoso e straziato... Non ricordava altro, a volte nelle biblioteche leggeva in una specie di dormiveglia e quando usciva non ricordava nulla.

«Sorvolava gli ulivi...».

Lo conoscevano.

«Siamo stati nella sua casa a San Biagio...» disse la donna.

«Ah, come mi piacerebbe andarci».

«Non è in capo al mondo, di dov'è lei?».

«Di una stagione... Sono stato tanto tempo via e mi sono perso un po' di cose. Per esempio, sapevo che al posto dei binari ci facevano passare le bici, ma in fondo non ci avevo mai creduto del tutto, è così, non ci credevo mica».

Alzò gli occhi alle serre. Paletti, disse, fino alla piana di Albenga. Li piantava bene, tutti in riga, metteva la lenza, rispettava le geometrie, solco dopo solco.

Un giorno, verso la fine della Liguria, aveva letto sui giornali che anche il cuore lichenoso e straziato dello scrittore aveva sorvolato gli ulivi.

Quando guardava il mare era come se aspettasse un treno, ma a cosa riandava, alle parole dei libri per stupirsi di ricordarle, a chi l'aveva dimenticato in una bozza di favola e aveva riso di lui? Era sempre quel trarre conclusioni e finire le giornate con la regola del fa niente. Un'estetica, la perfezione dei paletti in riga. Fa niente. Saperlo da tempo che avevano teso una trappola per lui, una stupida pista ciclabile al posto dei binari. Fa niente e allora far finta di scoprirla ora. E stupirsi di cosa, poi, della vita?

Qualche signora apparsa a levante, annunciata dal ticchettio dei bastoncini, si sedeva ai tavolini del chiosco, dalla parte del mare, dove s'era seduto lui, e sorvegliava la prateria bianco salina. Una stesa di diamanti si raggrumava in un corridoio stretto prima di sciogliersi nella porpora, per un attimo il chiarore si spegneva. Ci si attendeva qualcosa dalle acque, il miracolo, l'evaporazione. E lui, ora che la sera erodeva la patina cruda dei colori, a quel miracolo dava le spalle.

Anche le signore sembravano prestare più attenzione all'aria tra i viburni e le ginestre, che non al lavoro dell'aratro sul mare. I crolli e i rotoli porosi delle geografie si ripetevano e si annullavano a ogni brivido, assorbivano i segreti dei riflessi, e dal biancore salino si staccava un vapore, si alzava e giungeva fino a Sanremo e oltre, al confine. L'azzurrite delle chiese in cui si era inginocchiato e tutto ciò che bruciava si salvavano solo nella cenere.

Una delle signore gli rispose: «Sì, si sta bene». L'altra, vedendolo armato di bisaccia, cinghie, cappellino, chiese da dove veniva.

Fece segno col mento, verso quella specie di futuro ormai trapassato, dietro la vita.

Aveva ordinato un cappuccino senza schiuma e lo bevette, fermandosi solo quando il cucchiaino non riuscì più a raccogliere nulla. Si pulì la bocca prima di parlare.

«Immaginate un po' che cent'anni fa chi ha dato il suo orto, pena l'esproprio, suppongo, per il passaggio della ferrovia, abbia chiesto un documento di destinazione d'uso, nel senso che abbia detto signori, io vi do l'orto ma voi ci potete fare solo la ferrovia e se un giorno togliete i binari e ci fate un chiosco, l'orto torna a essere mio, o dei miei eredi. Facciamo finta che abbiano firmato una carta del genere, tanto sapevano bene che se ci facevano una ferrovia era per l'eterno...».

Le signore ascoltarono, divertite, e si guardarono come per chiedersi a chi toccava rispondere. La ferrovia passava a monte perché così s'era potuta dotare di binari in più, avevano abolito alcune stazioni, la loro, per esempio, l'avevano spostata a monte, ed era una stazione orribile. Erano entrambe di Castellaro ed erano cugine.

«Ci passa la ferrovia a Castellaro?».

«No, ma quella di Taggia è un po' anche la nostra... E lei?».

«Sono di Sanremo, di piazza Bresca».

Ricordava una ragazza, la ricordava dopo tanto tempo. Erano alla stazione di Arma, lei aspettava il treno e aveva diviso con lui la focaccia. La salina non scioglieva nulla, perdeva cloruri e iodio, il vapore incideva acqueforti di una Liguria mitologica.

«Dove vai?».

«Dove finiscono i binari».

«Dove vai, scemo?».

«Di preciso non lo so».

«Va' a casa, tua madre ti starà cercando... Hai fame? Che scuola fai?».

Mangiò il biscottino che il cameriere gli aveva servito col cappuccino, digerì.

«Mi sazio subito, una volta mangiavo una gallina intera» disse.

Quanto doveva essere vecchia se fosse stata ancora viva, coi suoi almeno quattro anni più di lui.

«Se coincidesse tutto quanto dovrei incontrare una signora molto vecchia da queste parti. Sarebbe giusto, c'è una logica che non si può avversare».

Le signore non sorrisero.

«L'avete mai vista la lucertola ocellata?».

«Mai, ma dicono ci sia, a Pompeiana l'hanno vista... Lei?».

«Mai vista neanche io».

I fremiti della sera giocavano coi rumori più inusuali, cucchiai e ceramiche. In genere i suoi pasti abbinavano rumori diversi, di plastica, vaschette, contenitori in genere, piatti di alluminio da gettare. «Sapete, confesso di aver camminato tutta la vita lungo i binari per vedere dove finivano, ma ragionando sul fatto che mi erano morti alle spalle sarei potuto tornare prima... O non andare mai. Siete d'accordo?».

«Hai lavorato?».

Gli piacque fossero passate al tu. «Certo, ho zappato, piantato paletti, innaffiato, verniciato, fatto il guardiano in un campeggio, e tanti anni fa ho aiutato un bagnino, la sera e la mattina presto aprivo gli ombrelloni».

La cenere alla fine aveva fatto assomigliare le montagne del ponente a quelle viste in Toscana. Anche se lui non aveva avuto granché tempo per farsi una idea della Toscana. Raccontò loro come uno si decideva a quel genere di vita.

«Quale genere?».

«Del vagabondo ferroviario, credevo ci fossimo capiti...». Aveva avvicinato a sé una sedia vuota per poggiarvi il braccio. «È che non si mette da parte nulla».

«A volte bastano i sogni» disse la più loquace per seguirne quella vena tra il romantico e il complicato. In realtà guardava quel braccio sulla sedia come se costui glielo avesse messo sulla spalla.

«Via, è già tanto se uno mette da parte i ricordi, signora».

Del fatto che i binari gli erano morti alle spalle da una vita se n'era già fatto una ragione. Quanto ai sogni non si dovrebbero realizzare mai, pensò, altrimenti uno li perde.

«Pensate sia obbligatorio avere un sogno?».

Le signore non commentarono.

VERSO BUSSANA

La sera aveva sparso di luci l'Aurelia, e una polvere meno luminosa si alzava dalle serre a mezza costa.

Bilanciava il bisaccione da una spalla all'altra, ma poi si mise il giubbotto e il bagaglio pesò meno. Entrando in città e perdendo il contatto con le spiagge, tutte nascoste com'erano dai palazzi, si ritrovò dalle parti della vecchia stazione di Arma di Taggia. La pista ciclabile sostituiva ogni altra traccia ferroviaria, e stavolta mancava pure il solito mucchio di binari, resisteva solo la rovina del vecchio edificio, messo in sicurezza, pieno di recinti e pannelli.

Posò il bagaglio e si mise le mani in tasca. Guardò tra un pannello e l'altro, le labbra si schiusero appena. Poi tornò sulla ciclabile, e iniziò a sentire, come ogni sera, sulla spalla, il callo provocato dalla fibbia della bisaccia.

La pista divideva la città, ed era l'ora delle bevute, più che quella delle biciclette. Non gli piaceva e decise di scendere al mare. Poi c'era pieno anche giù, gelaterie e bar uno dopo l'altro, le palme fin sulla sabbia.

Sulla spiaggia di Bussana, in cima a uno sperone c'erano delle panchine e posò il bagaglio. Le luci, oltre un edificio abbandonato, illuminavano l'Aurelia fino sul colle, da cui dominava la chiesa incastonata di lucette gialle e verdi, le fronde dei pini incrociavano altre illuminazioni.

A pochi metri dal mare trovò una seconda chiesetta, poco più di una grotta ed era chiusa, ma da fuori, attraverso un'inferriata, si potevano vedere le pareti e il soffitto fatto di un impasto di ghiaia e pietra, le panche illuminate dai ceri. Avvicinò gli occhi alla grata, si fece lentamente il segno della croce, la fronte sfiorata dai polpastrelli, il petto, le spalle una dopo l'altra e le labbra, su cui le dita indugiarono. Alla base della tela del Gesù Crocifisso, un lumino rosseggiava a un palmo dal vaso di ginestre.

Lungo la spiaggia non mancavano angoli riparati a ridosso degli stabilimenti balneari dove potersi coricare. Ci aveva fatto il bagno in quell'acqua, c'era venuto con Gino, e per forza li aveva accompagnati la madre, perché nessuno dei due sapeva ancora nuotare. C'erano giunti a piedi, da Sanremo? Forse avevano preso la corriera, notò che si fermava sull'Aurelia, proprio sotto la grande chiesa.

Non era vero nulla, il fatto è che gli era sempre parso un obbligo ricordare le cose dell'infanzia, il desiderio di profanare il tempio. Costretto a inventare ricordi e dinamiche, posti, giornate, notare una scogliera trapunta di agavi dalle foglie carnose e incise, la sporcizia a galla, una schiuma di mare, sentirne risciacqui, e odori di crema solare, tante erano le privazioni della sua vita di prima che non aveva potuto vivere, la cornice bellissima attorno al quadro vuoto. No, non c'era mai stato in quel posto, nemmeno in quell'acqua, gliene aveva potuto parlare solo sua madre, raccontandogli la storia della chiesetta a mezza costa, sopra l'Aurelia. Quella sì, quella chiesetta era il vero pianeta della sua infanzia.

Si fermò sulla spiaggia per rialzare gli occhi alla chiesa, anche se neppure là dentro ricordava d'essere mai stato. Ricordare come si ricordano i posti che in qualche modo ci appartengono come pochi altri al mondo anche se li vediamo per la prima volta. La sua vita inventata e già vissuta, le sue notizie usate da altri.

Scese la scaletta, raggiunse la riva, tirò fuori dalla bisaccia la bottiglia e una crosta di pane avanzata. C'era anche della frutta in una vaschetta che aveva comprato ad Arma. La macedonia gli piaceva e lo tentò ma si tenne. Si sdraiò davanti al mare e cercò in quella crosta di pane un sapore di focaccia.

«Dove vai?».
«A vedere dove finiscono i binari».
«Dove vai, scemo?».
«Non lo so».
«Va a casa, bravo, tua madre ti starà cercando...».

Non le fece dire altro.

Dalla strada si estendeva una piazzola e una soletta a sbalzo, perlustrò fin sotto la soletta, andando a schiena bassa. Una volta sdraiato ci si stava comodamente. Sistemò le cose sulla ghiaia, il giubbotto accanto, e si sdraiò su un lato, in modo da poter sorvegliare la chiesa a mezza costa.

Mentre stava per prendere sonno, sentì dei passi lungo la riva. Non fosse stata notte avrebbe potuto vederne le teste, e se si fossero avvicinati – potevano essere ragazzi – li avrebbe notati dalla cintura in giù. Di lui, se non si muoveva, non potevano accorgersene. C'era abituato a queste situazioni, alle attese guardinghe nelle stazioni o nelle scarpate, sulle spiagge. Il bello era quando iniziavano i gemiti, e non solo non lo lasciavano dormire, ma lo costringevano all'immobilità perché al saltar fuori a quel punto avrebbe dovuto giustificarsi. Una volta un uomo l'aveva massacrato di calci e pugni. La donna alla fine gli aveva sputato. Altre volte era andata meglio, s'era spiegato. No, non era un guardone o cose del genere, mai e poi mai aveva avuto quella passione, era lì per dormire e basta. No, non era lì perché sapeva che ci si appartava qualcuno, al contrario, l'avesse saputo avrebbe scelto un altro posto... Ma un vagabondo ha sempre torto.

Si svegliò nella notte, per il freddo e il bisogno di svuotare la vescica. I visitatori notturni erano spariti, la risacca e la sabbia odoravano di alga e di orina. Non mancava molto all'alba, poco prima gli spazzini si erano fermati ad agganciare i cassonetti e l'odore della spazzatura aveva sostituito quello di spiaggia.

Il turno degli uccelli. Dovevano esserci delle palme o qualche altro albero lì attorno. Da sotto l'Aurelia proveniva un ronzio di traffico, più continuo e sostenuto che nella notte.

Il bar dello stabilimento apriva allora, lo torturò un buon odore di croissant e ricordò la vaschetta di frutta.

Spinse il bagaglio e uscì da là sotto, si portò sulla riva. Giungeva il debole scrollo di un mare già stanco. Facevano più rumore gli scarponcini sulla ghiaia. Se li tolse, anche le calze, si alzò i pantaloni al ginocchio e penetrò l'acqua fino ai polpacci. Il pantalone destro si riabbassò e l'orlo lambì l'acqua. Si chinò a lavarsi i piedi, tra le dita, poi le mani, la faccia e gli venne caldo. Si spogliò e piegò la camicia, la posò sulla ghiaia, i pantaloni ben stesi su uno scoglio perché l'orlo si asciugasse, e restò in mutande. Dalla terrazza del bar dissero qualcosa, lui se la rise e fece finta di niente. Entrò solo fino alle cosce, alzandosi sulla punta dei piedi quando l'accenno dell'onda minacciava le mutande.

Sotto l'Aurelia, a mezza costa, si vedevano bene la facciata chiara, il rosone e l'orlo nero dei pini, invaso dal giorno. In altri momenti, non fosse che tornava, sarebbe andato su, per aspettare che aprissero e inginocchiarsi.

Chissà perché lassù, c'era un motivo per cui suo padre e sua madre avevano deciso di sposarsi in quella chiesa e non a Sanremo?

La città lo aspettava sicuramente da qualche parte, dietro la scogliera, e lui s'era rimesso la camicia e andava scalzo, gli scarponcini da trekking ferroviario in una mano e il bagaglio nell'altra, come una valigia, per non ferire il solco calloso fin dal mattino. Sembrava uno straniero ma era un indigeno.

Avrebbe desiderato farsi fare una fotografia, quel giorno (nessuno, a parte il disegnatore delle isole, che non ci fu mai più occasione di vederle, gli aveva mai fatto una fotografia), i pantaloni rialzati alle ginocchia come gli pareva di ricordare che li portassero i contadini degli orti sopra Sanremo, quando entravano nei condotti a piedi nudi per calpestare la terra e rimediare ai crolli provocati dalle talpe; il capellino color del sudore, la camicia annodata al fondo, e quei polpacci secchi. La bisaccia di nuovo a tracolla, camminava mezzo contento, restituendo ai bagnanti un sorriso, e a passi lunghi, come se all'improvviso gli sembrasse di essere in leggero ritardo.

Prima di aggirare la rupe e perdere definitivamente l'angolazione della chiesa di Bussana, vi alzò un solo istante gli occhi. I romanzieri delle biblioteche la chiamavano malinconia, ma nelle stazioni e nei rifugi invernali delle spiagge, nei sottopassaggi, non aveva un nome. E non c'entrava nulla con la nostalgia, come sosteneva qualcuno. Nel suo caso, poi, nostalgia di cosa? Era giunto. Di un tempo, può darsi, aveva letto che si poteva avere nostalgia anche di un tempo, e lui non era mai riuscito a sentirla, si poteva coltivare piuttosto una nostalgia dell'impossibile, di un desiderio: la fine dei binari. L'avrebbe chiesto a loro, a Italo Calvino e a Carlo Levi, che avevano riso di lui, me lo dite che nostalgia può avere uno come me? E proprio ora che aveva scoperto l'ingloriosa fine dei binari, uno stava lì a cercare la nostalgia del destino? Però di qualcosa si rimproverava, e nelle ultime notti non aveva pensato ad altro. A Cervo, scendendo dalla piazza dei Corallini e non trovando più i binari, aveva sbagliato tutto, doveva tornare indietro, entrare nella galleria verso levante, inseguirne l'inizio perché era dentro la galleria che aveva imboccato, senza percorrerla tutta, era là, verso levante, oltre un recinto, che prima o poi, per forza, finivano i binari.

SANREMO

Salito sull'Aurelia, nota d'un colpo quanto è cresciuta la città, e nota che è lei, al di là delle sue dimensioni, è Sanremo. La città dal marciapiede con gli aranci e le palme, i semafori che un tempo non c'erano, e le cose che ora stanno lì, non come se aspettassero lui, ma perché parte di una vita in grado di esistere malgrado lui, di farlo come hanno sempre fatto, senza di lui... Possibile che nessuno se ne accorga?

Ehilà, brava gente annoiata, non fate gli indifferenti, sono io.

L'avrebbero preso per matto.

Ed ecco un bel negozio con i banchi della frutta sistemati fuori, il tendone per il sole, i tabacchini, con l'insegna in verticale come ne ha viste in giro, nelle città liguri. E l'entrata monumentale allo stadio, inaugurato quando era bambino. Hanno conservato persino l'intonaco color caffelattoso. Allora giocava a calcio in carruggio con Gino e ogni pomeriggio il morso dell'umidità raccoglieva i gesti, precari controlli di palla, sontuosità perdute ogni volta in discesa.

Il mare sulla sinistra e tutti quei palazzi sul vecchiotto, gli alberi asmatici, i bivi, più avanti la piazza... C'è un luogo, è speciale, ci ha pensato per quasi un secolo e sa bene dove situarlo, si trova ben su, in linea d'aria con la Madonna della Costa, malgrado lui l'abbia potuto vedere solo nelle fotografie in biblioteca. Villa Meridiana, è lì che occorre giungere... C'è un cancello, ora, un recinto che la protegge dai profanatori? Non importa, ma è quello il primo posto dove occorre andare, dirgli sono arrivato, alla fine, vedi?

Perché rimanda? Dev'essere perché piazza Bresca è molto più vicina, tutto lì, ecco piazza Colombo, e piazza Bresca è lì dietro e lui è stanco.

Un pino, un gelataio, una vetrina di libri. La chiesa e su ogni facciata di palazzo strisce di cartelloni pubblicitari pieni di colori.

E così, questo vecchio che si era rimesso gli scarponcini e lasciato i pantaloni al ginocchio, quasi senza accorgersene va diritto dove sa lui.

Piazza Bresca. L'attraversa come se la lunga rincorsa di quasi un secolo non riuscisse a fermarlo. Come se inciampasse, stanco, debole. Posa la bisaccia.

Ma che stanchezza, proprio oggi? Beve l'ultimo sorso dalla bottiglia, la riempie a una fontana di ferro, c'è una pozzanghera piena di aghi di pino. Torna a bere. Si sporge dalla ringhiera e più o meno ritrova il punto, non fosse per quella stupida ciclabile di asfalto marrone al posto dei binari che rovina tutto… Eccolo guardare giù e calcolare i rimbalzi. Oltre ci sarà ancora il porto e più in là Santa Tecla coi carcerati e i vecchi cannoni della fortezza rivolti alla città e non al mare.

Si siederebbe volentieri da qualche parte, non si sente mica bene, ma le panchine sono tutte prese, e i gradini di un tempo su cui si sedevano i vecchi che minacciavano di forare la palla sono diventati ingressi di importanti ristoranti e pescherie.

Seduta sulla prima panchina una coppia di anziani, due cagnolini al guinzaglio, uno calmo, l'altro tira da una parte e dall'altra. Il cane tira e gli anziani non si alzano. Sulla seconda una mamma e due bambini, uno in carrozzella, l'altro seduto per terra che accampa con le mani gli aghi di pino, la madre non gli dice niente. Sulla terza panchina due innamorati, il telefonino in mano, sull'angolo un po' di posto ci sarebbe. Sull'ultima, una giovane signora, elegante, seduta in punta, ecco potrebbe sedersi accanto a lei, ma da tanto tempo le donne eleganti non impazziscono all'idea di spartire con lui la panchina.

La panchina della giovane donna in linea d'aria è quella più vicina al porto. Qualcosa richiama l'attenzione del vecchio, la donna si è alzata, sta salutando qualcuno nella sua direzione. Siccome insiste, il vecchio si volta per vedere a chi si sta rivolgendo, ma alle sue spalle non c'è nessuno. È che da qui a là la vista fatica. La donna ha ripreso a fare gesti garbati e dopo un po' gli è tutto chiaro, saluta proprio lui, gli fa segno di raggiungerla, come se ne avesse l'autorità. Lui raccoglie il bagaglio e ubbidisce, passa davanti alla panchina degli anziani coi cagnolini, agli innamorati, alla madre coi bambini. Piazza Bresca è tutta lì, il vecchio si è fermato a debita distanza, inclina la testa, guarda meglio, e la giovane donna gli sorride. Lui scosta le labbra, le va incontro.

«Mamma». Lo ripete.

Lei: «Dove sei stato? Ti aspetto da tanto».

Lui pensa: e mi hai cercato? Lei lo sa e gli dice certo che ti ho pensato e ti ho cercato tanto. Non mi sono mai arresa. Ma perché ti sei alzato i pantaloni al ginocchio.

Lui ha posato il bagaglio. Dice così, non c'è un motivo, e se li rimette a posto. Si avvicina per abbracciarla e lei si fa abbracciare. Tantissimi anni fa lei sarebbe stata parecchio più alta di lui, e forse fino a qualche anno fa sarebbe stato molto più alto lui, ma ora sono quasi alti uguali. Lui sente che lei nel suo abbraccio non ci mette la forza che ci mette lui, o quella che ci metteva un tempo nell'abbracciarlo. Tuttavia si abbracciano a lungo. Il sorriso di lei invece è lo stesso. Riconosce il suo odore e il profumo di violetta che usava, ma è l'odore di lei, unico, a fargli pensare che anche senza riconoscerne la forma del viso, i suoi occhi, e il calore delle sue mani, e persino senza poterla vedere, nel buio più profondo di una galleria, persino senza la voce di lei, lui la scoprirebbe per il suo odore di madre. Ora crede di saperlo bene cosa è la nostalgia. Non è mica la nostalgia del passato o del tempo futuro o di una regione, è solo la nostalgia di noi stessi.

«Mi hai aspettato così tanto?».

«Perché me lo richiedi?».

«Così. E Gino? E papà?».

«Ti hanno aspettato tanto anche loro... Non asciugarti il naso con la manica».

Il vecchio annuisce e si siede.

«Sei stanco?».

«Se sono stanco, mamma».

«Ora andiamo a casa. Hai fame?».

«No, fame no».

Ma si siede anche lei, assieme guardano oltre la ciclabile, la parte superiore del mare, che forse non è già più mare, ne guardano il ritaglio tra i tetti e dentro le fronde dei pini. Non li ricordava mica così alti quei pini in mezzo alla piazza. Calciava da un punto, più o meno in linea con la panchina dei signori coi cagnolini – un tempo non c'erano neanche le panchine – e la porta era dove ora vendono i pesci. Chi faceva gol non andava in porta, ci andava dopo un po' anche se faceva sempre gol.

«Ho visto la chiesetta di Bussana».

«Come fai a ricordare?».

«Che mi avevi detto che vi eravate sposati nella chiesa di Bussana? L'ho ricordato quando l'ho vista. Perché non vi siete sposati a Sanremo?».

«Così».

Lei aspetta che lui le richieda qualcosa, si aspetta tante domande, una dopo l'altra, ma anche lui le aspetta.

Lei gli dice: «Ti mancano tre denti».

«Me ne mancano dei belli...».

Lei sembra pensarci, un po' delusa. Si alza. «Andiamo?».

E allora si alza anche lui.

«Vuoi che te la porti io la borsa?».

«Sì, grazie» le dice. «Ma solo un pezzo».

Si sorridono, non parlano quasi più, che strano, anche i loro occhi si incrociano di rado. I suoi, tornati a Sanremo, si alzano sulle cose o fissano l'asfalto pieno di aghi di pino. Ogni tanto si ferma un istante e si volta a guardare dall'angolo della piazza, il pollice e l'indice puliscono gli angoli della bocca, la lingua passa sul labbro.

Lei sorride. Deve pensare che i bambini a volte fanno i gesti delle persone anziane, ma ci sono cose che le fanno solo le persone anziane.

Anche lui riprende a sorridere. Non sa fare altro. «Sei ancora molto giovane». Dev'essere strano per lui rivederla così giovane, rivederla comunque, quanto dev'essere strano per lei rivederlo così vecchio, rivederlo comunque. Non ha più il coraggio di chiamarla mamma, come poco fa, questa donna che dev'essere tanto che non va ai Bagni Paradiso a prendere il sole ed è così pallida, in piena estate, indossa una vestaglia fresca, fiorita, non sbiadita, solo fuori tempo.

Giunti a un certo punto, al posto di risalire la scalinata che mena al loro portico, lei lo invita a proseguire, e lui allora sì, la richiama mamma, le chiede: «Non andiamo a casa, mamma?».

«No, non andiamoci».

Lui non protesta, la segue, ora porta lui la bisaccia, ma dalla parte dove non ha lei, una cosa che non ha mai fatto nella vita, portare con l'altra mano una borsa per non sentire qualcuno lontano.

«Sei così giovane».

«Non dirlo nemmeno».

Lo guarda che le cammina al fianco, l'andatura sofferente, in procinto di franare ogni volta sulla ghiaia. In una vetrina si specchiano stando accanto per vedere se sono loro la geografia.

Una volta alla vecchia stazione, lui vuole sapere una cosa che gli preme molto: «Andiamo ai Bagni Paradiso?».

«Come l'hai capito?».

«Così. C'era un odore nelle cabine, il signor La Bozzetta ci dava sempre la 12. Facevano la sardenaira».

«La migliore della città».

Sulla passeggiata i gabbiani sorvolano le palme. Quando tacciono da un po' lui sente il desiderio di parlarle delle cose lette nelle biblioteche, guardando i voli dei gabbiani nella pioggia. I costoni di ulivi polverosi che ha visto argentarsi la sera e all'alba, l'aria assorbire il mare, e i costoni di ulivi sotto i quali si è immerso, vivendo nelle gallerie, e raccogliendone il succo. Ma teme che le parole trascinino via l'incanto, lo profanino. E lui non è più l'invenzione letteraria di nessuno.

Seguire il movimento delle palme, come seguiva quello dei ciuffi delle canne, nei luoghi più lontani dal mondo, dove non abita e sogna nessuno. La sua regione ferroviaria sconosciuta e segreta, lui, visto dal mondo solo di sfuggita attraverso il finestrino di un treno. Chi sarà stato costui? C'era davvero? L'avete visto? Il bambino, il ragazzo, il giovanotto, l'uomo, l'anziano, il vecchio, seduto per terra sulla ghiaia con le mani a tenere le gambe piegate, come le tiene un bambino... Teme che dirle tutto questo sposti le parole una a fianco dell'altra in una riga muta e lunga... Questo teme, che in qualche modo anche lei sposti un baricentro intimo e gli rivolga parole legate allo scrittore di Sanremo, chissà, di quando dopo la guerra subito, Calvino si sedeva sulle panchine con quell'avvocato.

«Quante palme mutilate, vero?» le dice.

«Non mi ci riesco ad abituare... Una volta erano tutte ville di gente ricca ma anche triste, venivano qui e a Bordighera, Ospedaletti... Ora, fortunatamente, per certe malattie ci sono rimedi».

«Che lavoro faceva papà?».

«Era al casinò di Ospedaletti, suonava, gli piaceva il jazz... A te piace il jazz? Da bambino ci ascoltavi».

«Il jazz mica tanto, mi piace la musica semplice, le fisarmoniche... E poi è andato via dal casinò?».

«Poi Ospedaletti l'hanno chiuso».

«E dov'è andato?».

«A suonare altrove, nelle orchestrine, ha suonato con Freddy, un suo amico».

«E poi?».

«Poi, tanto tanto tempo dopo, sei nato tu, poi sei nato tu».

Lui annuisce. Cosa può chiederle? «Se fossi ancora bambino cosa farei?».

«Che domande mi fai? Mi faresti tante domande, ecco, come adesso».

«Facevo davvero così tante domande?».

«È normale, eri un bambino normale... E una volta sei tornato a casa e hai detto che per poco non scoprivi cosa saresti voluto diventare da grande, solo che l'aveva già detto il tuo amichetto Gino...».

«E cosa era?».

«Non lo ricordi?».

«Sì, bene».

La statua della primavera è bianca, snella come lei, e indossa la stessa veste antica, senza colori.

«Lì di sopra c'erano gli ulivi e in là, oltre la Madonna della Costa, ci coltivava il padre di quello scrittore...». Lo guardò come per dire: se non vuoi non ne parliamo.

Poi gli chiese una cosa. «Come facevi nelle gallerie, non ci dev'essere cosa più pericolosa».

«Se accanto alla ghiaia mancava il marciapiede non entravo mica. Neanche se la galleria era come di qui a lì».

«E se il marciapiede si stringeva o a metà finiva?».

«Mi giravo, uscivo e salivo su verso merenda, che vuol dire che facevo il giro largo del costone».

Avevano ripreso a camminare e lui si era passato il bagaglio nell'altra mano. Davanti a un bar o una pasticceria videro un signore alto ed elegante, i capelli candidi come la statua, i giornali nella mano, e la madre gli restituì un mezzo inchino come si salutano i grandi poeti.

«Gino» disse il vecchio, dopo aver posato un attimo la bisaccia. «Essere l'acqua salata, voleva essere l'acqua così era il mare».

«Così era il mare».

«L'acqua del mare non è più salata come una volta».

Oltre il bar-pasticceria scesero alcuni gradini e andava avanti lei, per la scaletta stretta, poi al fondo ritrovarono la pista ciclabile e tornarono a camminare fianco a fianco.

Si vedevano le onde, bianche in cresta, perfettamente distanti una dall'altra e tra esse la porpora del mare, ma nessuno dei due desiderò fermarsi a guardare.

Riconobbe un cancello, non pensava a quel posto da una vita, eppure c'era passato davanti tante volte da bambino. Ora aveva di nuovo tutto chiaro. La madre disse come si chiamava, forse perché anche per lei, pensò lui, i luoghi che non si menzionavano non appartenevano a nessun atlante.

Era stanco e la bisaccia pesava come se trascinasse una traversa.

La madre gli diede la mano e lui si ripassò il peso nell'altra. Non sapeva più come portarla quella bisaccia e per la prima volta durante la sua vita ferroviaria avrebbe voluto lasciarla da qualche parte, appendere cappellino e bisaccia al cancello del cimitero, far finta di scordarseli.

Lei disse, un po' delusa, come se avesse scoperto altri denti mancanti: «Come hai potuto dimenticare certe cose?».

«Vuoi dire il nome del Monumentale?».

Lei annuì. «E di segnarti, intendo... Recitiamo un *Eterno riposo*».

Dondolati dalla risacca, in tutte quelle tombe riposavano inglesi, russi, ebrei, ed erano lì da così tanto tempo che il groviglio di pietre sfarinate dal sole e dal salino, saldate assieme dall'edera e da altri rampicanti fioriti, si sarebbero dette dimore abitate da una civiltà andata in rovina.

Da bambino c'era dunque passato davanti senza farci caso a quel cimitero, e dopo tanti anni, anche lui, provava a ragionarci. Uno provava a ragionarci, prima o poi, pensò. Ed era come se le vecchie ossa, la polvere e i rampicanti fioriti, e ciò che si sfiorava, avvolgeva e popolava tutta quella morte straniera morta a Sanremo, si abbracciasse sottoterra, in qualche modo, fino a essere un unico essere in attesa.

Mise la sua mano venosa sulla sbarra, più per il desiderio di stringere qualcosa e tenersi che per spingere il cancello.

La sua voce vecchia e incerta seguiva quella giovane in leggero ritardo, perché non lo ricordava bene l'*Eterno riposo* e andava ripetendo le parole da lei, che le sapeva perfettamente. Ne recitarono tre. Fosse stata l'*Ave Maria* sì, sarebbe andato a memoria anche lui, per averla recitata quasi ogni sera della vita. Ma l'*Eterno riposo* prima di addormentarsi non lo diceva mai.

Lei gli cercò la mano, lui la tolse dalla ruvidezza ferrosa, dove l'aveva di nuovo posata dopo essersi fatto il segno della croce, e gliela porse. Per la prima volta sentiva la mano di lei appena grassa e calda, la consistenza e una presa più decisa, mentre finora gli era parsa la stretta di una mano distratta.

Di nuovo fu cosciente di qualcosa che gli riabbassò le palpebre perché si era sparso forte nell'aria un odore di madre.

«A un certo punto ho pensato a quanti anni avevi, ci pensavo...».

«Che ero morta?».

«Ero vecchio io».

«E hai sentito un senso di colpa per non essere stato al mio funerale... Sapessi i miei, cambierei il tuo coi miei sensi di colpa. E poi non avresti potuto sapere... È come per me, non potevo mica sapere dov'eri, andavi più avanti, eri indietro? Chissà quali strade avevi preso, la vita non porta dritto».

Lui non replicò e lei andò avanti, cercava le parole. «Chiedevo a tutti e mi dicevano sì, uno così c'era... ma passava il tempo e ti perdevo, ti trasformavi, voglio dire crescevi, diventavi te... Hai tanto di tuo padre...».

Lui tirò fuori dalla bisaccia il vecchio bullone arrugginito, lo fece assomigliare al gesto di chi mostra un giocattolo, e con la delicatezza con cui si posa sul tavolo un bicchiere di cristallo, lo mise tra di loro, al centro della panchina dove s'erano seduti a riposare, oltre il cimitero.

«Ero ancora ragazzo, quando l'ho trovato... Lo mettevo sui fogli dei disegni perché il vento non li portasse via».

«Faceva tanto vento?».

«È un vento ferroviario, mamma, rotola sempre, in un senso o nell'altro e porta la polvere, le foglie, quante foglie volano sui binari, diresti che un treno ci si debba fermare contro, per questo girano le squadre... le spighe di grano dei vagoni, le cartacce... Da ragazzo camminavo facendo un gioco: il piede doveva andare da spondina a spondina. Un giorno mi sono rotto il piede, poco distante, passata Riva Ligure...».

Il volume delle montagne alla frontiera e l'orlo delle tombe annerivano nell'aria, la vista si annebbiava. In un angolo, ma poteva sbagliarsi, gli sembrava crescessero carrubi e ciuffi di canne. Ricordò quando con Gino giocavano in piazza Bresca e poi lui correva a casa tutto sudato e prima di lavarlo lei lo portava in terrazzo e gli mostrava dove cadeva il sole. Non dove moriva, il sole non poteva mica morire, come non nasceva, gli aveva insegnato lei. Si svegliava come un ragno e, dopo aver attraversato la ragnatela e controllato che tutto reggesse, inciampava in qualcosa e se ne stava nascosto per terra alcune ore. Tutta una finta, si dava per morto per non essere ammazzato dalla luna, poi quando lei si distraeva e non poteva più bruciarlo lui si rialzava.

Ora non avrebbe voluto ricordare questo genere di cose leggere, il mito dell'infanzia non contava mica, chi ne parlava sui libri delle biblioteche liguri sosteneva che il mito veniva dopo, mentre allora era solo la realtà di un bambino, appena lavato, un terrazzo, il sole alla fine... Non voleva, no, temendo che se avesse stretto gli occhi e ricordato i ricordi messi da parte, anche lei sarebbe sparita da quella sera senza preavviso, come la luna.

Avrebbe voluto mangiare qualcosa, questo sì, ne sentiva il bisogno e nello specifico aveva una grande voglia di frutta. Forse era la sete, la gola secca, come nelle gallerie, dopo il passaggio di un merci.

Oltre la panchina, sotto quella stupida pista ciclabile, c'era giusto un lungo rettangolo di terra tra gli stabilimenti. In un angolo del seminato ci trafficava un contadino, malgrado l'ora, infatti lungo la ciclabile s'erano già accesi i lampioni, e il contadino raccoglieva gli attrezzi. Aveva riempito di verdura il canestro e stava per andarsene.

La madre si alzò e guardò bene, prima di attraversare la pista ciclabile. Chiese all'uomo se poteva darle un'anguria, una di quelle belle mature, sdraiate per terra.

Il contadino si grattò la testa. «Un paio di pere, signora?».

«No, il bambino desidera proprio un'anguria. Ne ha così tante».

Il contadino rialzò gli occhi al bordo della ciclabile e alle ginocchia della donna che lodava le sue angurie, e si tornò a grattare la testa sotto il cappellino. Lei si guardò attorno, tastò le tasche della vestaglia a fiori, ma non aveva nulla, per ultima si sfilò la fede.

«Ecco, la più bella anguria, mi raccomando».

«Signora, ciocchiamo banane, le do lo stesso l'anguria e domani ripassa a darmi un paio d'euro, una fede d'oro per un'anguria, ma ciocchiamo banane?» ripeteva.

«Si tenga la fede, brav'uomo, a noi basta l'anguria, sa...». Siccome il contadino non accettava lo scambio lei gettò l'anello nel seminato – lo fece sotto la luce del lampione –, perché voleva a tutti i costi l'anguria. Il contadino scosse la testa, si chinò a raccogliere l'anello, e scelse la più bella anguria.

Era un'anguria matura al punto giusto, disse, di quelle pronte ad aprirsi appena toccate dalla punta del coltello. La rinfrescò sotto il rubinetto. «Oh, ma non ci do niente, tutta roba naturale» assicurò. Le chiese se voleva che gliela tagliasse lui a fette e a lei parve un'ottima idea.

La preparò su un tavolino a ridosso del muro, sotto la luce, dove teneva le forbici e spaghi, raccordi per l'irrigazione. Si avvicinò al muro della ciclabile e lei si chinò, tenendosi la gonna come fanno le donne.

«Ci metta una mano sotto, piuttosto» disse il contadino.

La donna ringraziò, ricevette la scatola di cartone con l'intera anguria tagliata a fette, e tenendola da sotto di modo che il peso non sfondasse il cartone, attraversò la pista ciclabile (di rado passava ancora una bici) e si sedette accanto a suo figlio.

C'era la luce dei faretti tra gli eucalipti di uno stabilimento, e il vecchio se ne accorse solo ora. Di là della rupe e delle case illuminate ci dovevano essere altri stabilimenti e alberghi, e di là ancora era dov'era sprofondato il sole. Da sotto un cartello luminoso proveniva una musica orecchiabile.

Per restare vicini lei non aveva messo la scatola tra loro, la teneva accanto a sé sulla punta della panchina, e quando il vecchio gliene chiedeva una fetta lei gliela porgeva.

«È buona?».

«È una banana». Risero un po'. Era stato tutto quel tempo prima, quando lei gli sbucciava una mela e gliene dava una fetta dopo l'altra, ma lui non la voleva finire, allora lei gli faceva credere che era una banana, mangiane ancora un pezzo.

«Non siamo più andati ai Bagni Paradiso».

«No».

«Ci siamo dimenticati?».

«Sì».

Non le chiese altro, indaffarato com'era e inclinato in avanti per non sporcare la camicia, mangiava avidamente. Troppo avidamente. La polpa al passare tra i denti mancanti faceva come un fischio.

Mentre lei era a contrattare l'anguria gli era venuto in mente di chiederle una cosa, e lo fece ora, tra una fetta e l'altra.

«Ero davvero un bambino normale?».

«Che domande fai, certo che eri normale».

«Dimmelo, per favore, devo saperlo, me lo sono chiesto tante volte e una bugia mi ferirebbe di più».

Lei tacque un istante e guardò la cima delle capanne dei fagioli nell'orto, color della luna. Erano esattamente all'altezza dei suoi occhi, altre a livello della strada, spuntavano appena.

«Dimmelo».

«Una persona che fa ragionamenti così è ben normale, eri più che normale... eri te, eri libero» e inclinò la testa, poi la raddrizzò e la volse a lui.

Lui si asciugò il naso con la manica e le disse: «Chiedevo così, tanto a posto non mi ci sono mai sentito...». E gli venne da ridere con la sua bocca mezza spopolata. Tanto al mio posto, intendeva. Chi si poteva sentire al suo posto una volta passata la vita, ma anche prima, in qualsiasi momento, chi poteva vivere e sentirsi al suo posto?

Lei disse una cosa come se l'avesse tradotta dal dialetto, e ci risero sopra.

«Tanto da vendere non ne avevi...». Forse l'aveva imparato anche lei il dialetto, durante tutto quel tempo, da quando lui se n'era andato e lei l'aveva aspettato, cercato, anche nel dialetto.

«Sai, mamma, qualcuno che parla di te, che dice tanto a posto non lo sei, che sei scemo forte...».

Lei fece segno di tacere. «Non arrabbiartici, ora».

«Hai ragione. Fa nulla».

Una volta dissetato, prese a mangiare con meno furia. Cercò l'Opinel nella tasca della bisaccia, lo pulì sulla manica dei pantaloni, tagliò dalla fetta un pezzetto di anguria e lo infilzò. Si vergognava di non averlo fatto prima. Tolse un paio di granelle e glielo porse. Lei scosse la testa, no, non ne voleva. Gliel'avrebbe chiesto, se ne avesse voluto, non ne voleva. Continuò a guardarlo che mangiava quel pezzetto senza granelle e ne tagliava subito un altro, e gli avrebbe voluto dire di mangiare piano.

Lui si puliva la bocca col dorso della mano, e a un certo punto prese dalla bisaccia una maglietta – alzò le spalle, come a rimproverarsi l'intenzione di usare una maglietta mezza in ordine, e nello stesso tempo come a fregarsene –, e con un lembo si ripulì meglio mani e bocca.

La bisaccia occupava il pezzo restante della panchina, stava in bilico ed era in procinto di cadere da un momento all'altro. Avrebbe potuto metterla per terra al fianco della panchina, ma da quella parte c'era sporco. Lei disse: «Dammela, te la tengo di qui, nel pulito».

«Non dimentichiamola però».

«No, ma se vuoi poi te la comincio a portare io».

Il tempo di ragionarci e annuì, ma facendo finta di non aver capito e glielo volle chiedere: «Me la cominci a portare tu?».

Lei non aveva risposto, e lui non le aveva più chiesto altro.

Tacevano da parecchio, forse mai da così tanto, un po' come se fossero ormai d'accordo su tutto, e come se quell'oscurità fosse sacra e bisognasse imparare ad accoglierla fin da ora, in silenzio.

Restava da risolvere solo la questione dei Bagni Paradiso, anche se non pareva più di grande importanza. A meno che lui non vi attribuisse un significato diverso.

«Non siamo più andati a nuotare perché non c'è più tempo?».

«Non pensare a queste cose, volevo farti mangiare l'anguria, poi il contadino se ne andava... Hai finito?».

«No, ne mangio ancora» disse deciso.

Allora lei gliene porse ancora una fetta, e poi un'altra, e l'ultima lui la tenne in mano a lungo. Ne tagliava pezzetti minuscoli, e la fetta di anguria dava lentamente il suo succo.

«Non ne vuoi più?» chiese lei.

«Lo so che abbiamo a disposizione solo il tempo dell'anguria, sai...». E vorrei prendermelo, pensò.

«Non piangere» disse lei.

Lui disse va bene. «Non piango. Neanche tu».

«No, non piango, e poi l'anguria non è mica finita» disse lei. «Vuoi appoggiare la testa alla mia spalla?».

«Poi non riesco a mangiare l'anguria... Ma hai ragione, posso anche mangiarla dopo... Vuoi appoggiarti tu sulla mia spalla?».

«Sì, sai, sono stanca, ma puoi mangiare lo stesso se appoggio la testa?».

Lui disse di sì, voleva anche dirle di non avere paura per sé stesso, e mentiva, ma per lei, e non mentiva, così bella e giovane, così sua mamma per tutta la vita, il lungo tempo dell'anguria iniziato a Sanremo, anzi, poco distante, a Bussana, il giorno del matrimonio, quando lei aspettava già il mangiatore di angurie.

Se lui pensava che non fosse giusto che quella brezza finisse così, non aveva paura, ma era solo perché mai come oggi ci aveva pensato tanto. Non si poteva dire neanche così, ci aveva sempre pensato, non aveva mai pensato ad altro, ma ora aveva paura.

Lei lo guardò e scosse la testa. Lui non capì.

Lei appoggiò la sua testa leggera sulla sua spalla ossuta e dura come una rotaia e da quel momento in poi lui stette fermo. Dubitava se fosse il peso della testa di lei sulla spalla, o il solco calloso lasciato dalla bisaccia, che gli bruciava il collo e lo indeboliva. Tuttavia non si mosse, perché era certo che lei si fosse addormentata. E solo allora capì che poco prima, prima di appoggiare la testa sulla sua spalla, lei l'aveva guardato a lungo e intensamente e aveva scosso la testa perché non l'avrebbe mai più rivisto. Lui tornò a socchiudere le labbra.

Voleva ritardare la fine dell'anguria, ma, in qualche modo, di comune accordo l'avevano terminata. Quando le aveva chiesto quante fette ne restavano ancora, lei aveva risposto due, e lui aveva accettato la piccola bugia come se fossero d'accordo anche sul pretendere che non fosse l'ultima fetta. Poi si era asciugato di nuovo le mani al lembo della maglietta.

Ora però avrebbe voluto rialzarsi, fare la pipì, tutta quell'acqua, un'anguria intera... Avrebbe voluto gettare le bucce, lavarsi le mani, le sentiva vischiose come le volte in cui abbassava un ramo di fico e si serviva, sulle colline sopra le gallerie. E risentiva la sete, l'anguria gliene aveva tolta solo la minima parte.

Non si mosse, rimase ancora a lungo così, la testa leggera di lei sulla spalla e la brezza di Sanremo, una piccola quantità di stelle distratte e perpendicolari alle isole, il corridoio della luna al largo dei Bagni Paradiso.

Il mattino i runner lo videro sulla panchina, vecchio e solo, le bucce dell'anguria accanto, sul cartone, e lo ritrovarono allo stesso posto quando ripassarono di corsa. Le mosche cercavano le bucce e si posavano sulle sue mani senza tempo. Quando il sole si alzò su tutto e da un pezzo nell'orto sottostante la ciclabile era giunto il contadino, si seppe che il vecchio se ne stava seduto sulla panchina dalla sera prima, doveva essere un poveraccio e prima di andare a casa il contadino gli aveva offerto la metà di un'anguria.

Del contadino vennero annotate le generalità. Un poliziotto ricevette l'ordine di perlustrare qualche decina di metri quadrati attorno alla panchina. Accanto alle dita del vecchio, sul bordo di legno verniciato e lucido, stava l'oggetto antico e neanche troppo arrugginito, per essere appartenuto così a lungo a una mano viva, stretto tra le dita e raschiato sui binari, da qualcuno che viveva dentro una favola, sotto un mantello nei giorni di pioggia.

Il poliziotto prese il bullone, introducendo la penna nella forma esagonale, e lo mise in un sacchetto. Sotto un'altra panchina, e nel solco di un condotto, dov'era andato a perlustrare l'altro poliziotto, c'erano delle cartacce, tra le canne e gli arbusti. Ci diede un'occhiata, spezzò un ramoscello e toccò qua e là il terreno morbido di vegetazione e fango. Poi risalì. Non c'era niente. Neanche lungo la palizzata e nell'orto del contadino. Niente, disse da laggiù. Con il ramoscello aveva tirato su qualche straccio, spostato una bottiglietta, gettata la scorsa notte dai festaioli, odorava ancora di birra, un foglio di giornale. Ruppe la strana membrana, di un azzurro verde e trasparente, cos'era? La pelle abbandonata da un rettile di grosse dimensioni, o una cellulosa, ecco, materiale in lattice. Nulla, disse.

«Sali» ordinò il superiore.

«Non le ha detto altro?» chiese al contadino.

«Cos'altro mi doveva dire? Ha accettato la mezza anguria e ringraziato più volte».

«Aveva qualche bagaglio?».

«Subito mi pare di sì, aveva con sé una borsa, uno di quei sacconi da spiaggia, ma ora vedo che non c'è più...».

IJmuiden, agosto 2022

NOTA DELL'AUTORE

Si può dire che a forza di raccontare la verticalità della Liguria, uno possa finire per rinnegarla o desiderare di inventarne un contraltare? Nel mio caso l'ho pensato e l'ho sentito come il bisogno di un cambio, ma era qualcosa che veniva da lontano, era qualcosa da attribuire alla questione dell'Olanda. Insomma, a forza di stendere prose a una quota pianeggiante del genere nederlandese, uno finisce per prenderci fin troppo la mano. Raccontare una Liguria orizzontale allora poteva diventare una sfida, ma a me le sfide non mi hanno mai entusiasmato. Già, è che se una sfida la perdi ci resti male e se la vinci sei costretto a cercarne un'altra. Una sfida è come un sogno, e se lo raggiungi – sostiene il bambino cresciuto in queste pagine – ne resti senza, e questo non va bene, perché a un certo punto sei talmente abituato a inseguire l'immagine del sogno che senza quella ti ritrovi al largo, senza rotta.

A pensarci bene, alla fine l'idea di una Liguria orizzontale non lo so mica com'è nata. Forse ho cominciato a scrivere e dopo un po' ho scoperto che, senza accorgermene, stavo raccontando davvero una Liguria diversa dalle solite mie, e quella Liguria si era situata a pochi metri sul livello del mare. Un romanzo dritto come lo sono i binari, e lungo quasi quanto la Liguria, ma una cosa del genere non è un romanzo, è piuttosto una mappa, qualcosa di puramente geografico e nello stesso tempo cronologico. Anche se queste coordinate vengono spesso trasgredite. Un esempio. Negli anni Trenta, quando il bambino è ancora bambino e fa il bagno sotto il quartiere della Foce, a Sanremo, egli collezionerà degli episodi, e durante il suo flanerismo ferroviario ricorderà quello stabilimento balneare come i Bagni Paradiso, ma con ogni probabilità nessuna spiaggia di Sanremo si chiamava ancora così. Un altro esempio, stavolta geografico: dalla villa di Carlo Levi è possibile che si veda la ferrovia, mentre da queste pagine, ne sono certo, non si vede. Piccole cose del genere. E un'altra inesattezza: forse Duilio Cossu, amico di gioventù di Calvino, nella vita non ha fatto l'avvocato, ma in queste pagine si sostiene lo abbia fatto. E non c'è un motivo. Come non c'è un motivo per aver fatto cercare un certo animale a Walter Benjamin. Benjamin a Sanremo c'è stato tre volte e non risulta si sia mai interessato alla lucertola ocellata, forse non sapeva neppure che esistesse, come è probabile che non abbia mai incontrato Calvino ragazzino, ma nelle prime pagine di questa storia, le cose sono successe esattamente come vengono descritte e come se fossero vere, e forse lo sono. Alla fine ciò che mi interessava era la storia di un pallone perduto, sgonfiato dal tempo, ma dopo *Il palloncino* di Alfred Polgar non credo sia più possibile aggiungere qualcosa allo sfacelo di un pallone. Mi parve allora che restasse ancora in piedi una possibilità: iniziare un racconto esattamente laddove il bambino di Polgar piange per la perdita del pallone, viene rimproverato severamente e accompagnato fuori della camera. Lì, in quel momento e in quel «fuori» inizia il viaggio di quest'altro bambino.

Ho parlato spesso di questo progetto a Giuseppe Conte e lo ringrazio per avermi ascoltato. E letto. Duilio Cossu, che io nel romanzo sostengo sia avvocato, ed è coetaneo e amico di Italo Calvino, e questo lo era per davvero, nelle interviste che rilascerà (l'intervista appartiene a un libro per me fondamentale, di Romano Lupi, *La città visibile*) racconterà dei giochi e dei tempi trascorsi con Italo, Eugenio e gli amici del liceo. E sarà lui, Duilio Cossu, a rivelare il desiderio di Calvino di raccontare le avventure del bambino che giocava a pallone nei carruggi di Sanremo. Ma Calvino, a parte parlarne con gli amici, questa storia non l'ha mai scritta. Quanto al libro di Lupi io non lo possedevo più, forse non l'avevo mai posseduto, e un giorno me lo regalò Franca Anfossi. Ringrazio dunque anche lei, e ringrazio Dario Voltolini per una frase che mi ha regalato davanti al mare di Porto Maurizio, sulla rocca del Parasio, alle Logge di Santa Chiara. Per le letture e alcuni consigli sulla struttura ringrazio Graziella Belli, Marco Federici Solari e infine Roberto Moriani per la documentazione su Calvino partigiano. Per ultimo la casa editrice. Ho lavorato al fianco di un ottimo team, soprattutto di Alessandro Gazoia, che ha saputo farmi capire che se la vite ha troppe foglie e troppi grappoli non va bene, ma lui a quel punto ha saputo anche indicarmi dove sottrarre.

INDICE

COLLANA BOOKCLUB

01 Katia Metelizza, *Il nuovo abbecedario russo*
02 Raffaella R. Ferré, *Inutili fuochi*
03 Caroline Lunoir, *La mancanza di gusto*
04 Sarah Braunstein, *Il dolce sollievo della scomparsa*
05 Riccardo Romani, *Le cose brutte non esistono*
06 Gabriele Romagnoli, *L'Artista*
07 Tupelo Hassman, *Bambina mia*
08 Raffaele Riba, *Un giorno per disfare*
09 Caleb Crain, *Errori necessari*
10 Céline Minard, *Per poco non ci lascio le penne*
11 Miguel Bonnefoy, *Il meraviglioso viaggio di Octavio*
12 Dan Crowe, *Interviste con il morto*
13 Brendan Behan, *Un irlandese in America*
14 Charlotte Rampling con Christophe Bataille, *Io, Charlotte Rampling*
15 Antoine Volodine, *Terminus radioso*
16 Dany Laferrière, *L'Arte ormai perduta del dolce far niente*
17 Fabrizio Patriarca, *Tokyo transit*
18 Antoine Volodine, *Il post-esotismo in dieci lezioni, lezione undicesima*
19 Paul Lynch, *Cielo rosso al mattino*
20 Rose Tremain, *Gustav Sonata*
21 Benjamin Markovits, *Esperimento americano*
22 Margo Jefferson, *Negroland*
23 Antoine Volodine, *Gli animali che amiamo*
24 Dany Laferrière, *Diario di uno scrittore in pigiama*
25 Miguel Bonnefoy, *Zucchero nero*
26 Heidi Julavits, *Tra le pieghe dell'orologio*
27 Gianfranco Di Fiore, *Quando sarai nel vento*
28 A. Igoni Barrett, *L'amore è potere, o almeno gli somiglia molto*
29 Paul Lynch, *Neve nera*
30 Antonio Muñoz Molina, *Come ombra che declina*
31 Raffaele Riba, *La custodia dei cieli profondi*
32 Lionel Shiriver, *I Mandible. Una famiglia, 2029-2047*
33 Anthony Cartwright, *Il taglio*

34 Antoine Volodine, *Sogni di Mevlidò*

35 Dany Laferrière, *Sono uno scrittore giapponese*

36 Antonio Muñoz Molina, *Il vento della Luna*

37 Gian Luca Favetto, *Si chiama Andrea*

38 Margo Jefferson, *Su Michael Jackson*

39 Salvatore Scibona, *Il Volontario*

40 Madeleine Thien, *Ricette semplici*

41 Lutz Bassmann, *Black Village*

42 Mark Z. Danielewski, *Casa di foglie*

43 Fabrizio Patriarca, *Tropicario italiano*

44 Cynan Jones, *La baia*

45 Paul Lynch, *Grace*

46 Alice Urciuolo, *Adorazione*

47 Lionel Shriver, *Proprietà*

48 Marco Lapenna, *Latitudine 0°*

49 Joan Silber, *Tutte le conseguenze*

50 Mark Z. Danielewski, *Lettere da Whalestoe*

51 Antoine Volodine, *Streghe fraterne*

52 Mario Fillioley, *Sesso più, sesso meno*

53 Miguel Bonnefoy, *Eredità*

54 Filippo Polenchi, *Figlio fortunato*

55 Sylvain Prudhomme, *Vite di passaggio*

56 Dario De Marco, *Alla ricerca della pizza perfetta*

57 Gabriella Dal Lago, *Uto e Gesso*

58 Lorenzo Moretto, *Finale di stagione*

59 Giuliano Malatesta, *Poker a Las Vegas*

60 Joan Silber, *Un'idea di paradiso*

61 Sylvain Prudhomme, *Leggenda*

62 Paul Lynch, *Oltremare*

63 Antoine Volodine, *Le ragazze Monroe*

64 Lavinia Mannelli, *L'amore è un atto senza importanza*

65 Marino Magliani, *Il bambino e le isole (un sogno di Calvino)*

66THAND2ND

via Marcello Malpighi, 12a, 00161 Roma

66thand2nd.com
66thand2nd Extralibris
twitter 66thand2nd
info@66thand2nd.com
facebook 66thand2nd Editore
instagram 66thand2nd

editing Alessandro Gazoia

direttore editoriale
Isabella Ferretti
direzione@66thand2nd.com

in redazione
Michele Martino
Federica Principi
redazione@66thand2nd.com

ufficio stampa
Giulia Capotorto
ufficiostampa@66thand2nd.com

commerciale
Andrea Esposito
commerciale@66thand2nd.com

amministrazione
Gabriella Riso
amministrazione@66thand2nd.com

finito di stampare a Guidonia nel marzo 2023
dalla tipografia Arti Grafiche La Moderna srl
su carta Favini Shiro Echo in copertina
e Storaenso Fresia nell'interno